曲子清 中国作家协会会员，中国民间文艺家协会会员，辽宁省作家协会全委会委员，盘锦市文联副主席。先后在《人民日报》《海燕》《满族文学》《岁月》《芒种》《民间文学》等报刊发表作品近百万字，著有散文集《湿地锦年》等。

湿地繁花

曲子清 / 著

建设美丽乡村 留住美丽乡愁
在城镇化大潮中
不砍一棵树、不填一个湖、不拆一座房
在风生水起的美丽乡村建设中
实现了华丽蝶变

北方联合出版传媒（集团）股份有限公司
春风文艺出版社
·沈 阳·

图书在版编目（CIP）数据

湿地繁花/曲子清著. —沈阳：春风文艺出版社，
2020.10（2022.2重印）
ISBN 978 - 7 - 5313 - 5851 - 0

Ⅰ．①湿… Ⅱ．①曲… Ⅲ．①报告文学 — 中国 — 当代
Ⅳ．①I25

中国版本图书馆CIP数据核字（2020）第175056号

北方联合出版传媒（集团）股份有限公司
春风文艺出版社出版发行
http://www. chunfengwenyi. com
沈阳市和平区十一纬路25号　邮编：110003
永清县晔盛亚胶印有限公司印刷

责任编辑：姚宏越		责任校对：曾　璐	
封面设计：郝　强		内文摄影：刘　杰　夏建国　史维涛	
印制统筹：刘　成		幅面尺寸：145mm × 210mm	
字　　数：152千字		印　　张：6.5	
版　　次：2020年10月第1版		印　　次：2022年2月第2次	
书　　号：ISBN 978-7-5313-5851-0			
定　　价：68.00元			

目　录

引　言

　　春风拂过，辽河口的春天在五色彩锦的模式下开启。绿色的苇荡、嫣红的翅碱蓬、金黄的稻浪、蔚蓝的大海、翩翩飞舞的水鸟、黑金翻滚的石油等交错融合，如连天五色彩锦铺向天边。纵横的水络与笔直交错的五彩路经纬参差，如彩锦上的脉络勾画出动人的图案；鳞次栉比的高楼与层次分明的园区点缀得五色彩锦浓淡适宜；整洁有序的环境与恬淡幸福的人群交相辉映，使彩锦上的盘锦人如点睛彩绘，脚踏五色祥云，过着神仙都羡慕的生活。那祥云之上，沿着城市和湿地交汇的纹路，散落着一个个鲜花簇拥的美丽乡村，如精美图案和锦绣彩缎之间的勾边，把湿地和城市无缝连接在一起。这一个个村子，整洁干净，房舍俨然，如工笔精描的画卷，点面线条无不精致，又如繁花盛放在五色祥云之上。

　　仅仅在三年之前，这些繁花锦簇的村庄还是脏乱差的集散地，农村连接城市与湿地，地势低洼，城市脏水、垃圾污秽统统流进农村。农村环境一直成为治理"顽疾"，垃圾遍地、污水横流，就像五色彩锦上的斑秃，久治不愈，治后复发，愈演愈烈。2014年早春，全市大规模农村人居环境综合整治全面开展。多措并举，标本兼治，举全市之力，铲除"斑秃"，建设美丽乡村。全市所有村庄根据地域特点、基础条件、发展水平、人口规模和生活习惯，因村施策，分类推进美丽乡村建设，使农村发生天翻地覆的变化。一个个村庄干净了，变美了，由内而外彻底变了样，不但连接城市与湿地的"斑秃"不见了，还在原有的"斑秃"上建成一座座美丽乡村，宛如巧手织锦工匠在锦绣上绣出的精美花朵。笔者尝试循着繁花的纹路，抽丝剥茧，由表及里，寻根问脉，去追问从盐碱荒滩走来的五色之城从点点"斑秃"到湿地繁花的蝶变之路。

刚刚接到写作任务时，我曾沿着"斑秃"上新添的花纹脉络，逐一访谈、回忆、记录，还原一个个美丽乡村建设的生动场景，再把这些场景穿起来，做成一条条闪光的珠串，戴在脖颈上，挂在手腕上，甚至披在身上。直到有一天，我忽然发现这些珠串固然美丽，却只记录表象，不能体现这场深刻变革背后的东西。于是，我决定抛弃这些已经穿成的珠串，再次深入乡村，去聆听，去感悟，去发现……

织锦篇

织锦是指用染好颜色的彩色经纬线、经提花、织造工艺织出图案的织物。而辽河口织锦则用大地为锦，乡村振兴为彩色经纬线，干部群众为织锦工匠，织出湿地繁花朵朵。

起势　那只扇动翅膀的"蝴蝶"

那只著名的"蝴蝶"在南美洲偶然扇动几下翅膀，有可能在美国引起一场龙卷风。我早知道这个混沌理论，却没有机会见证神奇的"蝴蝶效应"。这次有机会沿着湿地和城市之间散落的美丽乡村进行采访，近距离接触美丽的人和事，抚今追昔，细细体会从点点"斑秃"到湿地繁花的变化过程。随着采访的深入，我居然发现了那只"蝴蝶"的影子。

面朝大海，春暖花开的现实模样

辽河口的冬是肃杀的，冰雪凝成一个厚厚的盖子把湿地严严实实地裹住，硬硬的，敲起来有金属之声，像乌龟的硬壳。人像猫一样缩在暖暖的火炕上，辽河口人形象地称之为"猫冬"。只有辽河口人才能理解"热炕头"所蕴含的深层次幸福想象。灶膛里烧着干爽的稻草，不时发出噼啪噼啪的响声，那是遗漏的稻穗遇热爆出稻米花的脆响。

只要粮囤子里有足够的粮食，辽河口的冬还是惬意的。不

辽河口湿地风光

是必须出门，人可以像猫一样待在热炕头上，懒散地过着慢时光。我就曾猫在炕上，百无聊赖地看窗花。看一扇喜鹊登枝，再看一扇门泊东吴万里船，听大人们没完没了地闲侃，然后，再看另一扇小桥流水人家。窗花由厚到薄，然后再凝成厚，不断变幻的景致，告诉你一天的时辰变化。但我还是愿意出门，愿意在冰雪中找寻些乐趣。出门要裹得严严实实，从头到脚武装好，熊一样笨拙。尤其要注意脚下的冰雪，走在冰雪上面，要小心翼翼地迈着碎步，像跳一种奇怪的舞蹈。多少年以后，我看辽河口非物质文化遗产，人称"中国芭蕾"的辽河口寸子舞，尤其喜欢寸子舞中的小切步，认为那舞步极大地还原了辽河口冬天生活原生态。

尽管辽河口的冬肃杀冷硬，我还是觉得冬比夏更令人留恋。因为辽河口的夏被水包围着，那不是"一水护田将绿绕"的柔婉，而是真正一个"烂泥包"。村子四周被水覆盖，那水经过人畜践踏，泥泞不堪，且混合着垃圾粪便的味道。一条蜿蜒的村路细线团一样冒出头来，几滴雨水，一次小小的涨潮都能让它不堪重负，堂而皇之地趴窝。它着着实实地稀烂，可这稀烂里着着实实地生长着希望，什么时间能让这稀烂长出一条条经络分明的蜿蜒，进而长成一盘锦绣的现实模样，是辽河人的终极梦想。

盘锦这个名字，在它诞生之初，或许就蕴含着"一盘锦绣"的殷殷期望。那时的盘锦还是满目苍凉，和锦绣二字毫不沾边。当初在盘山县和锦县交界处建苇场，择两县首字取名设"盘锦苇场"。等到1984年盘锦建市时，不知道筹备者的心中是否隐含着希望这个城市有着锦绣前程的意思，反正这个新城市被命名为"盘锦市"。这个或不经意或有心的举措正好暗合了盘锦五色彩锦之城的美好未来。

建市以后，盘锦面貌发生天翻地覆的变化，短短三十几年的时间里，曾经的苦寒之地，变成物产丰饶、宜业宜游的现代化石油化工城。在那沟汊纵横、寒冷潮湿的泥泞中酝酿起来的"面朝大海，春暖花开"的梦啊，终于开花结果，长成了现实的模样。

从三原色到五色之城

辽河在入海口炫技般开枝散叶，巨大的河网如平铺在三角洲上的海棠叶，细密的枝茎如大地血脉，缓缓流入大海。河与海把脚下的辽河三角洲浸润得透透的，一汪一汪的水滞留在岸上，把河海的念想播撒在大地上。因了河海恩泽，辽河口沟汊纵横道路不通，喜湿的翅碱蓬、芦苇、蒲草长得扯地连天，红的翅碱蓬、绿的芦苇荡、蓝的海洋构成辽河口三原色。

新中国成立后，大面积排干沼泽，退海还田，人工湿地——黄色的稻田在辽河口大面积铺开。1970年，辽河油田正式出现在辽河口，宣告黑色的石油跻进辽河口。至此，五色锦的基本元素具备了，智慧的辽河口人开始了五色锦编织之路。

1978年，改革开放的春风吹拂辽河口，沉寂多时的辽河三角洲沸腾了，相应地毗连开发，城市不仅长高长大，还变美了，变干净了。然而，这天翻地覆的变化经常被人诟病，人们戏称盘锦街路环境"好景不长"。在城市周边，特别是农村，环境依然脏乱差，有的地方甚至污水遍地，牲畜粪便随处可见，垃圾满天飞，连下脚的地儿都没有，且久治不愈，愈演愈烈，渐成五色锦上的"斑秃"，点点块块，触目惊心。农村青壮年纷纷往城里奔，形成一股农村涌向城里的人流，农村常住人口锐减，且大多是老弱妇幼，有的村甚至沦为不折不扣的"空心村"。不同规模和范围的农村环境整治也曾开展过几次，但总是见效一阵，不久又故态复萌。有人戏称，盘锦城乡隔着一条天堑鸿沟，"左边现代化，右边脏乱差"。这种城乡发展的不平衡不充分不但与盘锦经济社会现代化不匹配，而且成为盘锦全面建成小康社会的突出短板。

党的十八大以来，习近平总书记就建设社会主义新农村、建设美丽乡村，提出了很多新理念、新论断、新举措。对于如何建设美丽乡村，总书记明确指出，要体现尊重自然、顺应自然、天人合一的理念，依托现有山水脉络等独特风光，让城市融入大自然，让居民望得见山、看得见水、记得住乡愁。总书记朴实的话语如徐徐春风吹开盘锦市各级领导干部的心扉，给他们迷茫的心注入一股清泉，而辽宁省关于推进美丽乡村建设的工作部署给盘锦根治这"斑秃"提供强大动力。2014年早春，一场全市范围的农村环境综合整治行动全面展开，由此提前打响决胜全面建成小康攻坚战。在此后的1000多个日日夜夜，盘锦干部、群众肩背手提、披星戴月地投入农村环境整治中，一堆堆垃圾被清走，一条条村路被硬化，一排排树苗被植下，一座座老旧房被改造，一排排院墙被修葺，一个个屋顶被置换，一个个庭院公园化，一簇簇花草在盛放，等等，农村的面貌焕然一新，环境整洁了，道路宽敞了，边沟清晰了，村庄亮化了，绿植铺满了，鲜花盛开了，一块块"斑秃"在缩小，五色彩锦开始逐渐连成片。紧接着，盘锦在农村全域实施农村超市、燃气、清洁能源取暖、卫生室、澡堂、自来水、客运公交等系列建设工程，盘锦农村环境大变样，农民生产、生活方式随之改变，农村由内而外脱胎换骨，颜值高了，村风好了，面子新，里子更新，点点"斑秃"华丽转身为湿地繁花，为盘锦成长为内外兼修的五色彩锦增添新魅力。盘锦市一举荣获全国文明城、全国卫生城、全国优秀旅游城市、全国首批36个率先进入小康的城市之一等荣誉。

那只扇动翅膀的"蝴蝶"

2014年2月7日，正是农历正月初八，春节长假后上班第一

田家街道大堡子村

天。往年的这一天，市里都召开经济工作会议，安排部署全年的经济工作。同时，也意味着假期结束，等同收心会。2月7日，天格外冷，早春的暖远远没有压过料峭春寒。彼时来开会干部的脑子里，根本没有那只扇动翅膀的"蝴蝶"。

　　窗外寒风凛冽，室内暖意融融。全市农村环境综合整治动员会正在召开。会上，一张以农村环境综合整治工作为龙头、以美丽乡村建设为目标的乡村振兴规划蓝图摆在全市干部群众面前。这规划不仅是远景目标，还是一张操作性强、条理清晰的操作路径图，既符合群众需求又具有规划性，既高标准又有现实要求，不但有路径规划，还有严细步骤和组织保障。在动员会上，盘锦市委、市政府推出"一揽子"实施规划和配套措施，成立领导小组、确立牵头单位、建立领导责任制、拨出专项经费、制定工作流程、完善监察体系，等等，桩桩件件，条理分明。同时，注重因地制宜，加强衔接配套，做到"符合规律不折腾，统筹推进不重复，长效使用不浪费"，充分保证整张蓝图的严肃性和长效性，并把此项全市范围的农村环境综合整治活动作为开展党的群众路线教育实践活动的重要载体纳入全市重点工作内容。

我是在那次动员大会上看到这张编织精密的规划蓝图，也是在那次动员会上被卷入这场不亚于改天换地的变革之中。这次大变革改的不仅仅是环境，更是以业为基，以城带乡，走城乡一体化的发展新路；是决胜全面建成小康社会的关键性战役；是补齐短板，实现社会平衡、充分发展的必由之路。这张规划组织严密的蓝图需要全市上下共同努力，心往一处想，劲往一处使，还牵涉方方面面的阻碍和瓜葛，但盘锦人已经下定决心，改变自己，从改变自己多年形成的生活环境做起，从眼前最短的板开始补起，勠力同心、群策群力、持之以恒、一以贯之地执行下去。

2014年早春吹响的集结号如投入辽河口平展水面的巨石，引发一串连锁反应。人们被这巨石掀起的浪卷进旋涡，不自觉地投身到洪流中。从动员会那天起，细化到每一天、每一刻，都按照规划表，稳步扎实推进。全市上下一盘棋，不争论、不讨论，先干起来，让老百姓在实践中看到变化，得到实惠。

各村情况不一，基础各异，所处方位不同，没关系，路不通的先修路，垃圾满地就先清垃圾，绿化不行就先植树，院墙不整齐就先修院墙，等等，总之，从群众最需要解决的问题入手，快速行动起来。在工作推进中，有思想不通的，先搁置起来，做好眼下的事。一天一报告，一周一调度，哪怕一个垃圾包、一棵树、一条甬路、一道边沟、一个氧化塘的整治进度，都记录下来，每一点细微的变化都看在全市人民的眼中。没人告诉你要加班，计划表安排在你头上的事，如果没完成，就意味着你拖了全市的后腿，意味着盘锦人民期盼已久的宏伟蓝图在你这里打了折扣。于是，不用监督，你自己就主动跟上了全市的节奏。这千万个细小的节点就汇成一股干事创业的潮流，渐成盘锦人补齐短板，实现全域城乡一体化的澎湃之势。

不到半年，垃圾山清走了，边沟清晰了，厕所、柴垛、粪堆、杂物堆、猪圈进了院，街路修平整了，院墙粉刷了，房屋翻新了，景观树植下了，路灯亮起来了。发展速度越来越快，农村环境越变越美。很快，由农村环境综合整治延展为农村人居环境整治，启动了"厕所革命"，生活污水治理，清洁能源取暖，城乡一体化建设、一体化管理等，城乡差别越变越小，农村变成城市的延展和后花园。农民在美丽乡村建设中得到实惠，幸福感不断增强。美丽乡村建设带来的一系列变化叠加在一起，变成复式综合效应，我就在这一天天的变化中，看到了那只扇动翅膀的"蝴蝶"。

转势　点点"斑秃"变身湿地繁花

短板理论又称"木桶原理""水桶效应"。该理论由美国管理学家彼得提出：盛水的木桶是由许多块木板箍成的，盛水量也是由这些木板共同决定的。若其中一块木板很短，则盛水量就被短板所限制。这块短板就成了木桶盛水量的"限制因素"（或称"短板效应"）。若要使木桶盛水量增加，只有换掉短板或将短板加长才成。

编织一张网，把短板一网打尽

《易经》有云：坎为水，为陷。

盘锦位于辽河入海口，属下辽河平原湿地。听老人讲，辽河口按八卦所示，在坎位上；按人体所示，对应肾反应区。如此重要的功能区域不论其蛮荒式延展、粗放式开发，还是婉约式精耕阶段，都蕴含深刻变革和无穷精妙。而婉约式精耕其实质就是高质量、均衡发展阶段，经过辽河口人上下一心，共同努力，更是效果显著，深得民心，且让粗放式开发阶段形成的

新立镇杨家村

短板补齐，用当地老百姓的话说，是让湿地"斑秃"变身朵朵繁花。

有群众说，这次全市范围的农村环境综合整治规划就如同一张网，把全市干部群众都网在里面。我认为这个比喻不确切，与其说农村环境综合整治规划是一张网，不如说全市干部群众是织锦工，化腐朽为神奇，在城市和湿地之间的"斑秃"上巧手织出锦绣花朵。

于是，有人说，这场全市范围的农村环境综合整治工程就是盘锦锦上添花工程。其实不然，这场农村环境综合整治工程是全面补齐短板，实现全面全域小康社会的攻坚工程。

在这场环境综合整治中，不只是农村和涉农部门身在其中，全市不同岗位、不同级别的干部纷纷走下去，包镇、包村、包户，能做什么就做什么，能帮什么就帮什么，实在不能帮就主动帮助村里和农户清垃圾，打扫卫生。庭院环境治理、植树造林、垃圾清理、垃圾分类、边沟清理、氧化塘建设、雨污分离、"厕所革命"、24小时供水、清洁能源取暖、燃气入户等工程都是同期或分期有序展开的。干部忙得脚不沾地，数字每天都在急剧变化。不但群众担心的一阵风、虎头蛇尾、反弹等现象没有发生，而且每一处细节、每一点滴变化都有人关注着。在盘锦，我发现做一棵树都是幸福的，因为每棵树都被精细地呵护着。它们有固定位置，有专人护理，甚至还有档案，树上有二维码，里面记载着此树什么时间移植过来的，长势如何，等等。你好奇走过去，扫一扫二维码，还有更详细的介绍和链接。指尖上的变化叠加到现实中，农村环境发生天翻地覆的变化，由环境变化带来农民观念的转变，乡风民俗的转变。

打响"垃圾歼灭战"，全面治理"斑秃"

每日清晨，大洼区田庄台镇庞家村的葛嫂子都会早早起床，把房前屋后的垃圾清扫干净。葛嫂子极爱干净，她家的院子总是归置清楚、干净整洁的。以前，葛嫂子会把清理出来的垃圾收拢在一起，堆放在院门前的垃圾堆里。辽河口风大，没等天亮，风就把垃圾又都刮回来了。葛嫂子平时出门，戴上口罩，蒙着围巾，全副武装地走出去，都弄得灰头土脸，更别说在院子里晾衣服、晒东西和出去踏青游玩了。那样的日子，葛嫂子觉得天都灰蒙蒙的，嘴里牙碜碜的，还有邻家飘过来的家畜禽粪味，熏得葛嫂子恨不得把隔夜饭都呕出来。葛嫂子忍不了了，说啥要搬到城里。她男人葛大哥

陈家镇大板村

自然不同意，去城里生活成本得多高哇！为此她没少和男人怄气。如今，庞家村沉积的垃圾被清走了，厕所、柴垛进了院，禽畜养殖分区规划，生活污水、禽畜粪污经过无害化处理重新使用。小村像清洗过一遍似的，显得清新雅致、眉眼如画。村里不仅有专职保洁员，还直接纳入全市大环卫体系，她只消把垃圾分类放好，保洁员上门就收走，再次分拣分类，由环卫工运到垃圾场集中处理。庞家村再也没有垃圾满天飞的现象，村容村貌大为改观，村屯整体规划整治，村里绿化、美化、亮化工程压茬推进。葛嫂子家房顶置换了，院墙门楼统一设置，房前屋后遍植鲜花，满院子的鸟语花香。心情大好的葛嫂子还在门前搭一个葡萄架，休闲时日，摆上瓜果，沏上一壶茶，深吸一口瓜果过滤后的甜香空气，幸福感悄悄延展开来，这日子别提多惬意了！

葛大哥打趣葛嫂子："你不是说要搬到城里吗，还搬不搬了？"

葛嫂子笑了。"农村环境这样好，房价都翻了好几倍，这回呀，"葛嫂子拉着长音，"咱是说啥也不搬了。"

如今的盘锦农村，像葛嫂子这样的村民很多，农民幸福指数空前暴涨，党群、干群关系融洽。提起那段集中垃圾治理时期，大家都说："当初还以为是来去一阵风，没想到几年下来，不但成效显著，还成为老百姓天大的福利呢。"

这场垃圾歼灭战以治路、治院、治宅为基础，清理历史积存垃圾，实施柴草堆、灰堆、杂物堆、猪圈、厕所"五进院"，同时开展庭院治理，实现院内院外治理同步进行。在垃圾歼灭战中，全市干部群众挥铲舞锹，肩扛手提，对全市垃圾山全面开战。如此大范围的环境综合整治，激发了干部群众同向、同心、同行的激情和干劲。1000多个日子，连续清理了一座座垃圾山，配套建设了垃圾收集池、收集箱。

垃圾山不见了，一个个村子显露干净整洁的本来面目，庭院内外整治了，一个个村子涵养出秀外慧中的气质。环境整洁了，面貌焕然一新了，农民积极性也上来了，如果不建立相应的卫生管理体制，被清走的垃圾山还会回来，农村环境综合整治就会陷入治理—复发—治理的怪圈，农村环境还是得不到根本改善。为此，当时市住建部门的同志按照规划蓝图，建立了城乡一体化大环卫体系。与京环集团合作，在全省率先推进城乡一体化大环卫体系建设，全市农村垃圾实现常态巡查、定点收集、定时清运。采取"农户源头分类+村保洁员上门收集+保

大洼区石庙子村文化广场

洁员二次分拣+企业专业化处理"模式，全面推进农村垃圾分类。该项目被住建部授予"人居环境范例奖"。

加强环境绿化美化亮化，村容村貌靓起来

古代衡量美女的标准不仅仅是外表整洁干净，还要"德言容功"四者兼备。如果把脱胎换骨后的小村子比作美貌少女，那么在村容村貌干净整洁基础上，还要涵养气质，秀外慧中，以期"德容言功"兼备。

实施村屯道路和边沟、路灯、厕所改造、院墙和入户桥、危房改造等工程，让小村面貌清晰，眉目如画。栽花种草，绿树成行，路灯亮起来，入户引桥规范起来，边沟规范，流水潺潺，莲香四溢，村屯的底色一下子提升上来。在泥里水里摸爬滚打了一辈子的村民，如今衣着光鲜地行进在如画的风景里。

仅仅这样粗放的绿化、美化、亮化不足以令村屯出彩，各乡镇的掌舵者拈起金丝银线，笨拙地循着缝隙，把锦缎拼接起来，并添上精美花朵。没经验，就在实践中摸索，不会织，就在干中学起来。唐家镇北窑村，庭院遍植红果，春天开着细碎的白花，等到秋季，红彤彤的果实结满枝头，简直醉透了北方水乡的深秋；而田庄台镇白家村则遍植梨树，春天梨花飘飘，纯洁了整整一个村屯，等到采摘季节，丰收的滋味甜进心里；得胜村则苹果缀满枝头，香飘村子的角角落落；石庙子的慢行稻作系统则倡导农村慢生活，倾倒了一批批农业观光的游客。每个村屯有每个村屯的花色，每个村屯有每个村屯的风景。而

后，在各自花色上，长出精深的文化精髓。

沿着五色锦缎上连缀的细密针脚，撬开绿化美化亮化的纹理，依稀可以找到当初的"斑秃"底子。再根据底子上新添的锦绣花色，就会掂量出织锦工匠的品级。

盘山县得胜村是盘锦有名的历史文化村，赫赫有名的得胜碑就在这个村里，村子也因此得名得胜村。据本地学者介绍，此碑为明末辽东总兵董一元镇武大捷纪胜碑。然而，村民更愿意相信此碑为唐王征东得胜纪念碑，当地流传很多唐王征东和得胜碑的历史传说。就是这样一个以得胜命名的历史文化村，在"斑秃"整治以前，却像一个大垃圾场，房舍参差不齐，多是矮平砖房；垃圾随处可见，杂物满街堆；村路崎岖不平，村民出行困难。2014年以来，村里下大气力抓了环境综合治理，"斑秃"得到全方位整治，村屯面貌焕然一新。

我是在深秋时节走进得胜村的。跨过村牌楼，笔直的村路两边俱是层层叠叠红满枝头的苹果，连民居的前后都长满红硕喜人的苹果，有的爬满院墙，有的低至边沟，引逗得水里的鱼儿频频跳跃。满村丰收的甜香吸引来各地游客络绎不绝，果农家家户户开门迎接采摘客人，守着家门口卖苹果，不但提高收入，还把民宿和得胜碑、村史馆的人气都带得火起来，丰收的农民乐呵呵地告诉我："这样的日子比苹果都甜，这样的日子才越来越有奔头！"

得胜村苹果种植产业既美化村屯环境，又增加经济效益，这是得胜村党支部治理"斑秃"并实施"锦上添花"的一大法宝。得胜村原有苹果种植的基础，这次美丽乡村建设，村党支部在原有基础上因地制宜，做大做强苹果种植产业，让苹果产业成为得胜村的金字招牌。得胜村不但在清理出来的空地上种植苹果，连村民房前屋后，甚至道路两侧都遍植苹果树，种植面积扩大了约四倍。遍村果树使得全村春天花朵满枝，夏天遮天蔽日，秋天硕果累累，冬天美如国画，整个村子变成一个大苹果园，被评为AAA级风景区，先后获全国"美丽乡村""美丽宜居村庄"等荣誉称号。

加强基础设施建设，筑牢美丽乡村根基

当第一场冬雪如约而至，我们三五同学即按照之前的约定，一起去北旅田园滑雪、泡温泉，等尽兴归来的时候，一定会去秀玲的农家院吃顿团圆饭。

每年这样的暖心活动，我们都玩得非常开心，因为秀玲早早安排好各样项目，让大家既能玩得尽兴又能找到从前的影子。当年，我和秀玲等几个人都是一起长大的。秀玲聪明灵秀，成绩优异，原本指望考上重点高中，就读心仪的大学，没想到，中考时，县里临时决定，几个村镇集中设置考点。那天，下着大雨，村路泥泞，秀玲早早出了门，深一脚浅一脚地奔向考点，走过泥泞村路，到了砂石路面时，自行车又掉了链子，她推着车子狂奔，等气喘吁吁地赶到考场，第一科考试已经快结束了，秀玲因此没有考上高中。中考过后，年少的秀玲外出打工，她再也没回老家新立，那满是泥泞的老家成为秀玲的伤心地。

美丽乡村建设开始以来，新立面貌焕然一新，不仅实现农村道路黑色路面户户通，还硬化路肩，硬化边沟，建立了一套功能完善的道路通行、排水体系。接着农村街路亮化，院墙、入户桥建设及时跟进。然后是燃气、壁挂炉建设，实现清洁能源取暖。全面清理农村"空中蜘蛛网"，实现了弱电线路落地。这样的新立变得充满生机并富有魅力，甚至比城里更有发展空间。如今，秀玲不但与新立摈弃前嫌，还把城里的房子卖掉，在自家老宅庭院办起了农家乐。

秀玲家的农家乐坐北朝南，北方乡村特色尖顶瓦房，庭院整齐，沟渠蜿蜒，树木林立。前院植果树，后院围篱笆，葡萄架下摆放小方桌，留待主人烹茶待客，从雪间缝隙漏下的阳光，斑驳地映照着景物，院落在雪的作用下闪着七彩光芒。院内事事物物格外整齐晶莹，露出的部分与覆盖的部分，白黑相间，宛如神奇细腻的笔触，描摹着这户幸福人家的眉目。那横横竖竖的线条，粗细得当，虚实掩映，巧夺天工。我们酒足饭饱之后，秀玲居然为我们烹一壶雪茶，即用晶莹、没污染的雪水烹制的一壶新茶，让我们喝出妙玉的感觉。然后，我躺在温热的炕头烙平腰身，其余几个精力旺盛的人，沿着村路欣赏雪景。远远地，那几个人影在院中嬉戏，为诗意的景致增添了几许灵动，我抄起相机为他们留下这精彩的瞬间。

攻势 打赢统筹城乡发展"四大硬仗"

美丽乡村建设不能光有美丽的外表，更要注重内涵滋养。盘锦美丽乡村建设在补齐短板以后，眼光向内，统筹城乡发展，打赢污水处理、"厕所革命"、清洁能源取暖、农村生活垃圾收运管理"四大硬仗"，让美丽乡村名副其实，也更具实力活力竞争力。

以内养外，解决村屯污水处理难题

寒露过后，气温日渐降低，大洼区曾家村村民孙艳春坐在自家落地窗前，看着窗外池塘莲枯叶败的景象，感到一种"秋阴不散霜飞晚，留得枯荷听雨声"的凄美意境。在这个秋阴的午后，她折一枝残荷，品一杯香茗，让时光在诗意中缓缓流淌。

走过初春的小荷才露、盛夏的荷香四溢、深秋的枯荷听雨、隆冬的白雪墨荷，她这个湖景房四季因荷塘景致，羡杀旁人。早两年却不是这样的，那时，这个美丽的荷塘还是个臭坑塘，各家的垃圾、泔水、尿盆没处倒就都倒在这里，夏天蚊蝇

氧化塘

滋生，臭气熏天，谁经过都得捂着鼻子小跑，她家在最闷热的夏天连门窗都不敢开。自从全市美丽乡村建设深入推进，乡村污水处理工程也逐步深入展开。这个臭坑塘变成了荷花塘，现在村民乘凉休闲都来这里。夏日凉风习习，老人在亭子里下象棋，一待就是一整天。这荷花塘可不仅仅是一处观赏景观，在荷花塘的观景台下方，埋着一个小型一体化污水处理设施，曾家村400多户居民的生活污水都集中在这处理，日处理能力可达100立方米。每户居民的厕所污水和厨房污水分别经过化粪池和隔油池，进入污水收集支管、主管，再通过一体化污水处理设施处理，最终排放水质可达一级B标准。根据《城镇污水处理厂污染物排放标准》，水质达一级B标准的可以直接排放到自然水体，用于农田灌溉等。

地表的村容村貌是美丽乡村建设的上半身，地下污水处理体系才是美丽乡村建设的下半身，是改善农村生态环境，补齐农村生活品质的关键环节。盘锦为"九河下梢"的辽河入海口，地势低洼，水网密布，特别是农村，道路泥泞，污水遍地。解决农村污水处理问题，是盘锦农村人居环境整治工作绕不开的难点问题。

笔者在盘锦市生态建设办公室了解到，盘锦农村生活污水采取"三步走"方略。其一是以改善农村水体质量与环境为目标，在农村兴建氧化塘，全部与边沟相连，在塘内栽种水生植物，清洁水体，极大改善了农村水体和环境质量。其二是结合全省农村污水处理试点工作，用足政策，建设村内污水管网，建设小型农村污水集中处理设施。乡村污水处理不同于城市大型污水处理厂的集中处理，通过小型一体化污水处理设施，盘锦的乡村污水在村内就可完成处理和循环。一方面，由于农村的村屯分散，单个村屯的污水产生量少，管网铺设的成本要远高于污水处理设备的成本；另一方面，大型污水处理设备必须有专业人员值守、维护，农村难以实现。因此，各村污水处理采取因地制宜方式，离镇里近的中心村污水管网并入城镇污水处理厂，离得远的安装小型污水处理设施。小型污水处理设施可根据村屯大小进行选择，自动化的设计也免去了运行管理的问题，处理后的出水直接通过氧化塘或边沟进入自然水体循环。其三是严格落实河（湖）长制，深入实施水污染防治计划，以房前屋后河塘沟渠为重点，清淤疏浚，恢复水生态，全面消除农村黑臭水体。孙艳春家门前的荷花塘原来就属于黑臭水体，农村环境综合整治以后，建成氧化塘，与村里的小型污水处理设施连通，既是对出水的再生回用，又是利用塘内的水生物对水体进行进一步的生态净化处理。如今孙艳春家门前的荷花塘已经从臭坑塘变成景观荷塘，连房价都涨了近两倍，孙艳春做梦都能笑醒。

为了保障污水处理体系长期运行，盘锦污水处理设施或氧化塘在设计时一般要选在村里地势低洼的地带，让污水通过管线的坡降自然汇聚到一起。坡降角度不够，容易形成倒灌；管线埋深不够，北方冬天则会上冻。这些细节在设计之初就考虑周到了。生态建设办根据各村实际情况，下足力气，严把质量关。他们怕一旦质量关把不住，伤了一个村民的心，一传十，十传百，影响的可能就是整个乡村民生工程的开展。经过综合整治，截至目前，农村污水四处流、坑塘水沟臭气熏天的环境问题得到有效解决。

埧墙子污水处理厂

决胜，"厕所革命"进行时

改厕之所以被称为一场革命，是因为厕所是衡量文明的重要标志，改善厕所卫生状况直接关系到人民的健康和生产生活环境。

习近平总书记指出："厕所问题不是小事情，是城乡文明建设的重要方面，不但景区、城市要抓，农村也要抓，要把这项工作作为乡村振兴战略的一项具体工作来推进，努力补齐这块影响群众生活品质的短板。"

盘锦美丽乡村建设始终将"厕所革命"作为重要的民生工程和民心工程，按照"质量保证、有序推进、整体提升、建管并重"的要求，坚持"政府引导、农民主体、因地制宜、分类施策、稳步实施"原则，扎实推进农村改厕工作，补齐农村人居环境短板，打造盘锦农村改厕样板。

在农村启动"厕所革命"，挑战几千年来辽河口人的如厕习惯，其难度显而易见。在农村，人们习惯露天旱厕，冬天夜里冷，出不去门，家家在屋里备个尿盆。建设乡村污水处理体系，为解决几千年来农村上厕所的问题提供了必要条件。可即便如此，村民的观念还有待转变，觉得厕所味大，怎么能往室内放？农村房屋原有结构不合理，没有安置室内厕所的空间。再说了，农民也不愿花钱，哪怕市县两级工作人员再做动员，农民仍不愿实现厕所入室。其实，在农村，特别是家里有年龄大的老人，室内厕所需求空间很大，最难转变的恰恰是几千年来的旱厕如厕习惯！

如今，原有的农村土厕所被无害化卫生厕所取代，通过三格化粪池，使粪便在池内经厌氧消化分解，达到杀灭粪便中寄生虫卵和肠道治病菌的目的。农村"厕所革命"既提高了农民生活品质，又改善了农村环境，田地里还有了充足的有机肥料。

通过开展无害化卫生厕所改造，引导农民群众养成良好如厕和卫生习惯，有效预防和控制农村地区粪源性疾病传播，减少了蚊蝇等病媒生物的滋生地，有效降低厕所粪污对农村地区环境污染负荷，改善农村人居环境，保障农民身心健康。

要推进"厕所革命"，得先让农民看到便捷的室内厕所的好处，才能让越来越多的农民参与其中。在改厕工作推进之初，村"两委"成员、县区工作人员、施工公司成员提前进入村里，统筹考虑盘锦气候、地下水位、地质条件、群众意愿等综合因素，通过质量检测和卫生学评价，选择群众认可满意、性价比高的改厕模式。在调查走访过程中，有的群众想不通，就先可想通的群众来做。在示范户的家里，工作人员对比室内水冲三格化粪池式户厕和下水道水冲式户厕，反复讲解演练，直到群众看明白为止。针对群众要求的户外独立式三格式户厕和双格式户厕，有针对性地开展设计工作，施工队更是提早介入，尽可能减少破土施工对村民菜园蔬菜造成损失。群众看到工作人员真心为他们筹谋，开始陆续同意改厕。在大洼区石庙子村高红的家里，我见到装修一新的室内厕所，在原来放杂物的一间房辟出空间铺上了彩色瓷砖，兼备厕所和淋浴间的功能。不但没有异味，还散发着空气清新剂的清香。我打开阀门冲水，哗啦一声，清水打着漩儿流进马桶。据村民介绍，过去旱厕个把月就得自己清理，现在每家的化粪池是封闭的，达到粪便无害化处理效果，需要清理时打电话叫吸粪车来就行。特别是有老人的家庭，厕所安在室内，方便又安全。

在开展"厕所革命"的同时，加大畜禽粪便治理力度，推进畜禽粪便治理及资源化利用，逐步实现畜牧业标准化生产，全面解决环境污染问题。严格划定禁养区，大力建设畜禽粪便贮存池、有机肥厂、沼气站，为养殖集中村配备病死动物无害化处理设施，对纳入禁养区范围的畜禽规模养殖场和养殖专业户开展了关闭搬迁工作，建成5个省级畜禽规模标准化生态养殖场，畜禽规模养殖场已全部完成粪污治理任务，粪污处理设施装备配套率达100%。

清洁能源取暖，转变的不仅仅是生活方式

千百年来，灶坑、柴垛、灰堆、猪禽舍，连同每日袅袅升起的炊烟，成为北方农村的标配，甚至是文人抒发乡愁的标志物。可在盘锦，这些标志物通通打包归类，整理成固定规制，连那升起几千年的袅袅炊烟也成为历史名词。

一开始，农民使用清洁能源取暖的积极性不高，因为观念不是一日能转变的。在农民的传统观念中，自家种地有稻草，烧煤烧稻草连着火炕一起热，屋里就暖和了，烧气取暖就是浪

王家镇垃圾气化站

费钱，铺管线还得破坏自家农地，里外不划算。负责施工的盘锦市祥泰燃气有限公司员工与村干部一道，深入农户家中做思想工作，引导农民转变观念。在超市、卫生室等公共场所设置示范点。实行先试用后付款，每个村确定3家至5家示范户。村民相互走动，用得好不好一交流就都知道了。涉及管线要穿越农民自家地的，所有损失应赔尽赔。燃气公司尽可能让农民得到便捷与优惠。如此一来，燃气进村工程开始得到农民的响应，进展越来越顺利。在这个取暖季前，打电话要安装燃气壁挂炉的农户数量激增，燃气入户率大大提升。

农村燃气进村工程不仅投入高，农村管线的回报也慢。在盘锦市区，燃气的初装费是2550元，覆盖铺设成本，开发商一般找燃气公司合作，费用直接计算在新楼的购房款里，先交钱后建设。在农村，为了鼓励农户安装，初装费下调为1350元。而实际上由于农村住户分散，同样通10公里管线，城市能供应四五千户，而农村可能有一户住在2公里外，为了覆盖它，光是管材，1米成本就得50元，整体下来1公里成本大概要50万元，平均每户成本要4000元。投入大、回报慢，企业积极性不高。为了确保燃气进村工程顺利实施，盘锦市通过特许经营的方式，市场化运作，除了鼓励国企积极参与，又选定了几家有成熟燃气管理经验、具备符合国家标准稳定气源的民营企业参与城乡燃气建设运营中，缓解了资金不足问题。同时鼓励效能综合利用，允许企业承接管道燃气特许经营权覆盖区域内的学校、工厂等非居民的燃气壁挂炉项目，引进竞争机制，增强农村燃气市场活力。

对于燃气安全问题，盘锦采取技术措施和培训教育，保障农民用气安全。燃气安全检查实行燃气企业自查为主，政府主管部门检查考核和抽查相结合的方式进行。一方面，燃气公司加强农村燃气安检，提高设备维护频率，合理布置抢维修站点；另一方面，政府按照"属地管理，分级监管"原则，在乡镇、涉农街道设立燃气管理办公室，并至少配备一名专职燃气管理人员，在村委会、社区居委会至少配备一名专职燃气安全员，负责配合入户宣传、安全检查等工作。根据《城镇燃气设施运行、维护和抢修安全技术规程》行业标准，燃气经营企业对居民用户的入户安全检查每两年不得少于一次，而现在盘锦针对农村用户的检查则是一年两次。

农村生活垃圾收运管理，疏浚"美丽"的保障和依凭

美丽乡村建设的底蕴和依凭是农村生活垃圾的收运和管理。推进农村生活垃圾分类和资源化利用工作，还农村天清气朗，秀美明媚，等同于疏浚了"美丽"河流的源泉。

袁秀芬是一名村保洁员，她介绍，上岗前接受了保洁员专业培训。在"农户源头分类+村保洁员上门收集+保洁员二次分拣"模式中，袁秀芬担任上门收集、分拣和卫生保洁工作。我见到她时，她正做着二次分拣工作。只见她双手上下翻飞，快速分拣。没等我看明白，她活干完了。我在她的快速分拣中读出了"专业"这个词的内涵，遂上前表示了对她专业的敬意。

她居然满不在乎地说，现在每个村的保洁员都能达到她这个水准，否则上不了岗。

袁秀芬告诉我，现在二次分拣工作量小太多了。现在群众垃圾分类意识提高了。估计到用不着二次分拣的时候，他们保洁员要下岗一批啦。袁秀芬乐观地说，她年龄大，先下岗，早点给年轻人"腾地儿"了，说完，苹果一样的脸庞露出欣慰的笑容。

袁秀芬指着墙上的管理制度告诉我，不仅保洁员管理制度化、标准化，要"定人、定时、定工作范围、定工作质量"，而且清运车辆全程智能化，在出车、卸车、收车时分别填写记录表，建立清运档案。进入填埋场车辆自动称重，垃圾量及垃圾来源地等数据信息实时通过互联网自动上传至管理部门。

说到农村生活垃圾收运和日常管理，袁秀芬掰着手指头给我算一笔账：按照农村生活垃圾每天人均产量0.45公斤左右算，全市每天农村生活垃圾产生300吨左右，配备垃圾清运车辆62辆，配比完全合理。她用手比着，什么样是压缩式垃圾车，什么样是单臂吊式大型转运车，什么样是海豚车等，自豪之情溢于言表。

　　盘锦农村生活垃圾治理之路，历经起步、创建、巩固提升、加速发展四个阶段。2006年至2012年为起步阶段。推行农村生活垃圾"组收集、村转运、区域处理"模式，初步实现了农村生活垃圾集中收集、集中处理。但工作中缺乏统筹，存在多头管理、区域性处理设施环保不达标、乡镇收集转运设施配套不足等问题，农民随意倾倒垃圾的现象仍然普遍，农村生活垃圾污染环境情况仍然突出。2013年至2016年为创建阶段。2013年起，全面启动农村人居环境整治工作，彻底清理农村积存垃圾；2015年与北京环卫集团签署《盘锦市一体化大环卫合作框架协议》，建立起"户集、村收、企业统一收运处理"的农村垃圾处理体系并试运行；2016年又与北京环卫集团签署《盘锦市城乡一体化大环卫特许经营协议》，把农村生活垃圾清运处理纳入城乡环卫一体化处理体系并正式实施，全市农村垃圾实现常态巡查、定点收集、定时清运、日产日清，城乡一体化大环卫体系荣获"中国人居环境范例奖"。2017年至2018年为巩固提升阶段。在巩固原有农村生活垃圾治理成果基础上，2017年起采取"农户源头分类+村保洁员上门收集+保洁员二次分拣+企业专业化处理"模式，全面推进农村垃圾分类和资源化利用工作，农村生活垃圾分类投放、分类收集、分类运输、分类处理的垃圾处置体系初步建成并持续稳步推进。2019年开始进入加速发展阶段。为进一步推进全市农村生活垃圾无害化、减量化、资源化，启动盘锦市固废综合处理园区项目建设，园区内包含生活垃圾焚烧发电厂、残渣填埋场、污泥热干化处理站、餐厨垃圾处理站、厨余垃圾处理站、废弃油脂处理站、污水处理站等国内一流的后端处理设施，不断提高生活垃圾资源化利用水平。

农村生活垃圾收运和日常管理，走过长期曲折的过程，终于建成分类投放、分类收集、分类运输、分类处理的综合系统。今后的路还很长，需要全市人民行动起来，同筑生态文明之基，同走绿色发展之路，一起为改善生活环境而努力，一起为绿色发展、可持续发展做贡献。

优势　输出乡村振兴"盘锦模式"

长板理论又称多腿凳定律，指一个拥有多条长短不一凳腿的板凳如果想要尽可能平稳，不是垫高最短的腿，而是消减最长的凳腿。在凳面范围内加大凳腿之间的距离也能起到增加稳定性的作用。

以业为基，发展壮大乡村产业

盘锦美丽乡村建设以环境综合整治为突破口，以完善农村基础设施建设为重点，坚持以产业牵动为目标，以美丽促提升，向美丽要效益，进而实现城与乡在这块土地上真正的"无缝对接"。在这场深刻的变革中，盘锦市干部群众立足现实之根，展开理想之翼，实现由不平衡、不充分到全面小康社会的飞跃提升。

认养模式：把稻业做到极致

盘锦早在20世纪20年代即开大面积水稻种植之先河，1953

人工插秧

年，由盘山第一稻田农场改组为国营农场，拉开盘锦农垦开发建设的序幕，到1984年，盘锦市成立时，盘锦垦区成为辽宁省最大的国营农场群。盘锦位于北纬41°，是全国水稻黄金种植区。北纬41°稻因独特的地理位置和自然条件，有着独特的生态密码。盘锦人在长期生产实践中摸清了这套独特的生态密码，他们开创认养农业发展模式，让土地最大限度发挥效能，把稻业做到极致。这种水稻认养模式一经产生，广受青睐，成为一种新型民生产业和消费业态。认养模式即以一亩田为一个单位，认养一亩田即成为"庄主"。认养关系建立后，认养稻选种、育苗、插秧、施肥、除草、灌浆、收割等全过程实施绿色生态种植模式，庄主可以拿着手机对自己的庄园实施24小时全球眼监控。水稻收获后，为认养客户提供一年免费恒低温仓储，一年1至12次以"互联网+"方式免费配送上门，免费加工和统一包装，还可以随时为自己的亲友配送。在认养过程中，认养客户既能吃到绿色生态有机大米，又能体会到贴心的星级服务，同时可亲身体会种植乐趣，又可随时监督稻田长势，增加趣味性、知识性，让吃到嘴里的白米饭更具文化意味。乡镇和农民则把手里平平常常的土地集约化经营，发展高端定制认养模式，把稻的生产经营提高到极致，又增加了农民收入，可谓实现了多方共赢。可善作善成的盘锦人并不满足，他们进一步开发稻蟹模式、共享农业、农村电商、大米及河蟹全产业链、智慧农业等多种经营模式，集聚提升现代农业发展水平，为农民增收致富创造更多机遇和平台。

"红海滩+"：大力发展乡村旅游业

在辽河入海口，有一片美不胜收的玫瑰红，绵延数百里，宛如耀眼的红霞平铺在辽河口。这片神奇的玫瑰红由一株株翅碱蓬方阵组成，成千上万株翅碱蓬汇成天下奇观红海滩。每一年到了滩红苇绿之时，游人络绎，往来不绝。红海滩固然是天下奇观，可按照食、住、行、游、购、娱六大旅游元素，红海滩的延伸游尚有很大发展空间，而盘锦乡村旅游正是选准"红海滩+"这一主题，对原有的乡村游归类打包，实现乡村旅游提档升级，如围绕下辽河水系，完善绕阳湾、辽河绿水湾等辽河游；围绕特色农产品延伸推介，打造稻作人家、大米博物馆、河蟹博物馆等物产文化游；围绕休闲娱乐，推出七彩庄园、北旅田园等休闲娱乐游；围绕特色美丽乡村，推出石庙子村、得胜村等10个AAA级旅游村，打造采摘、垂钓、野营、渔猎等乡

红海滩国家风景廊道

村休闲游；围绕非物质文化遗产技艺传承，加强苇艺、草编、油雕等旅游商品规模化生产，使盘锦一日游、二日游产业链条进一步完备。

休闲农业篇：实施特色民宿"百村万床"工程

盘锦素来有五色锦之美誉，绿色的苇荡，嫣红的翅碱蓬，金黄的稻浪，蔚蓝的大海，黑金翻滚的石油五色元素齐聚。全市范围的美丽乡村建设开始以后，城市周边繁花簇拥的乡村如同五色锦的勾边，不仅实现了美丽的蝶变，更把休闲农业的文章做得有声有色。

盘锦属温带大陆性半湿润季风气候，四季分明，雨热同季，干冷同期。根据这样的气候特点，结合农村特色资源，开发出了开海节、插秧节、稻草艺术节、冬捕渔猎文化节等四季旅游活动。每年春季，渔民都自发组织祭海活动，二界沟街道把这一民间祭祀活动赋予更多的文化内容，定名为开海节。每到万船出海、鞭炮齐鸣的高潮桥段，万众齐欢，声震沧海。渔雁后人们用自己的方式祈求新的一年风调雨顺，鱼虾满舱。如今，开海节已成功举办四届，引得好评如潮，游人如织。插秧节和稻草艺术节在夏秋两季举办，插秧节把司空见惯的劳动场景与稻作文化结合，开展大型实景文化演出活动。艺术家发挥想象，把稻草做成艺术场景，为农民增加丰收的喜悦。大洼区开发的"稻田慢行系统"，让人们在行走间领悟稻作文化精髓，被称为中国第一个"行走中的稻田博物馆"。冬捕渔猎文化节让沉闷的冬季更有文化味道，渔猎活动和冰凌穿越、滑雪温泉等活动结合，让冬的收获更沉实厚重。这些丰富多彩活动吸引来的人群是由特色民宿"百村万床"工程来支撑和消化的。等到旅游旺季，大小宾馆、旅社和民宿爆满，几乎家家赚得盆满钵溢。更有的民宿和农家乐巧思蕙质，用独特的招法吸引客户，或装修独特，或增加服务特色，或与旅游结合，或与特色文化结缘，等等，不一而足，南来北往的客户驻足于此，流连不去。盘锦休闲农业的文章越做越大，农民的积极性也越来越高，视野和品位不断提升，特色民宿"百村万床"工程深入人心。

拉长长板，输出乡村振兴"盘锦模式"

持续拉长长板，在凳面范围内加大凳腿之间的距离，达到以农村人居环境整治优势向产业优势转化，形成生态环境与经济发展互促、美丽乡村与农民富裕并进的良好局面。

25项乡村振兴成果彰显"盘锦智慧"

25项乡村振兴成果是盘锦人集体智慧的结晶，也是盘锦美丽乡村建设实践的总结提炼，像稻蟹模式、共享农业、农村电商、大米及河蟹全产业链、智慧农业、农机装备、文创产品、乡村旅游，还有农村垃圾治理、"厕所革命"、污水处理、基础设施建设、公共服务设施、绿化美化、民宅模式、文化设施建设，共计25项乡村振兴建设成果，几乎涵盖了盘锦美丽乡村建设的所有层面，并初步形成了盘锦美丽乡村产业生产商、供应商服务群，清晰了美丽乡村产业输出、模式输出的发展路径。

这25项乡村振兴成果勾勒出美丽乡村产业发展态势，盘锦

卧龙湖冬捕

市委、市政府因势利导，高标准建设乡村振兴产业园，通过园区建设，引进全国领先的乡村振兴产业，率先形成产业规模，赢得发展先机。盘锦人的智慧不仅在于知道怎么干，更知道灵活运用方式和手段达到自己的目的。有了像样的园区，就给乡村振兴产业安了一个家，再把家里装饰一新，推出系列活动，吸引企业纷纷入驻园区。园区的工作人员沿着25个振兴成果诸家排查摸底，采用灵活手段，吸引阿里云、国家农业智能装备工程技术研究中心、中国网库集团、汉和机器人、以色列AWL和耐特菲姆科技公司、荷兰迈特莱特园艺设备公司、比利时碧奥特公司等企业前来洽谈，这些企业的强力加盟，有力助推了盘锦乡村振兴产业园区发展壮大。

首届乡博会：输出乡村振兴"盘锦模式"

2019年9月23日至25日，盘锦举办首届乡村振兴产业博览会，围绕"产业振兴、生态宜居"主题，将美丽乡村建设与智慧农业、现代农业装备、特色优质农产品、乡村旅游等领域乡村产业发展相结合，让乡村振兴新理念、新技术、新产品、新模式融合发展，为构建集美丽乡村规划设计、建设管理、产业发展和公共服务于一体的乡村振兴全产业链提供理论支持和实践引领。

乡博会上，盘锦邀请了一大批服务乡村振兴的生产商和供应商、一大批专家学者来盘全面立体地感受盘锦农业发展成果、农村建设成就、农民精神风貌和全域乡村旅游的魅力，释放盘锦农业农村多功能价值。很多有品质、有特点的乡村振兴企业在乡博会一展风采，如京环公司的垃圾收运、首嘉生态环保公司和陆海研究院的无害化卫生厕所、华孚公司的小型污水处理装置等装备和产品广受欢迎。还有诸如无害化卫生厕所、小型污水处理设备、燃气装备等产品制造和垃圾收运处理的模式产业化，均在乡博会上寻到可心的商家与合作伙伴。盘锦乡村振兴产业园管委会及域内企业更是最大赢家，他们分别与黑龙江福尔特农业科技发展有限公司、韩国高兴郡水产业协同组合等客商签订合作协议、采购合同，总额达26亿元。乡博会不仅丰富了乡村振兴产业园的产业形态和内涵，促进形成产业集聚、企业集聚、人才集聚，而且直接带动了旅游、餐饮、住宿、物流、交通等相关产业的发展。

目前，盘锦美丽乡村建设的成果正逐步转化为产业发展、农民致富的综合优势，为认养农业、民宿产业、乡村旅游等产业升级奠定了坚实基础，推动了农村一、二、三产业融合发展。特别是盘锦将乡村振兴与数字农业发展相结合，从注重"建设"到注重"经营"，从"内生发展"到"开放拓展"，从"单一产业发展"到"三次产业融合"，盘锦美丽乡村建设走上了转型升级之路，乡村振兴的"盘锦模式"已经为全国打出了样板。

定势 打造美丽乡村升级版

　　盘锦美丽乡村建设历经规划设计、环境整治、集中建设、长效管理、优势释放五个阶段，取得显著成绩，成为凝聚人心、汇聚力量的民心工程。然而，盘锦人的探索之路并没有停止，他们按照"全域、全面、常态、长期"的工作思路，在健

得胜村林荫路

全乡村规划、加快乡村建设、促进乡村发展、强化乡村治理、培育文明乡风上持续发力，全面提升农村人居环境综合整治工作，打造美丽乡村升级版。

科学谋划，描绘新时代美丽乡村发展蓝图

思路决定出路，规划决定路径。盘锦美丽乡村建设经过科学谋划、因地制宜、以人为本、稳步推进，取得了显著成效，形成一整套规划模板。面对新形势、新任务，盘锦市委、市政府高起点谋划，综合协调各方，健全完善《美丽乡村建设规划》《镇区总体规划》《盘锦市镇区商业街控制性详细规划》。细化资金、卫生、道路、燃气等21个专项管理办法，构建起完整的乡村振兴的制度框架和政策体系。特别是村庄规划编制，综合考虑村庄分布现状和发展趋势，突出地方特点和文化特色，因地制宜划定村庄类型，从源头上杜绝盲目建设、强行拆并等建设行为。加强村庄风貌管控，杜绝千村一面、景观城市化，具有很强的前瞻性、操作性。

有了切实可行的规划蓝图，盘锦还配套了系列实施路径，进一步明确了工作标准，形成以标准化支撑美丽乡村建设工作的长效机制，实施长效管理机制和动态管理考核办法，对美丽乡村长效管理情况进行"5+1"不间断考核，逐渐固化、提升美丽乡村建设版本。

在资金保障方面，通过政府投入、向上争取、群众自筹、市场运作等方式，形成多元化资金投入机制。组织群众广泛参

唐家镇北窑村

与，提高群众参与的主动性积极性，变政府推动为村民主动参与，促进美丽乡村建设提档升级。

这一整套组织严密、措施明晰、保障有力的规划蓝图经过三年多的探索和实践，已逐步健全完善。目前，盘锦正按照产业兴旺、生态宜居、乡风文明、治理有效、生活富裕的总要求，由外而内，由表及里，上下一心，同向同行，奋力打造中国北方农村乡村振兴新模板。

全域全面，提升美丽乡村建设水平

通过农村人居环境整治，全市农村（动迁村除外）全部建成美丽乡村。下一步，还要开展片区化、组团式美丽乡村建设，逐步提升美丽乡村建设水平，把一个个繁花锦簇的美丽村庄连成一道道美丽乡村风景线，引领美丽乡村建实现全域全面提升。

全市美丽乡村建设按照规划编制网络，全域全面，分步实施，区分轻重缓急、梯次推进、逐步提升，做到推进有计划、有目标、有时序。在基础设施建设方面，加强农村道路、路肩、边沟、路灯、管网等基础设施日常管理维护；继续开展乡村绿化美化工程，建设小微湿地景观，实现乡村绿化园林化、庭院绿化花果化，带动乡村绿化提档升级；实施农村公交线网优化和公交基础设施建设，推进城乡客运公交一体化；全面完成农村24小时供水任务要求，推进城乡供水资源整合；建立健全农村燃气综合服务体系；开展农村星级卫生室创建和乡镇卫生院标准化建设，实现标准化乡镇卫生院全覆盖；对村级文体广场进行升级，适当增加文化广场体育设施投放数量，实现村级标准化文化广场全覆盖；持续巩固庭院美化工程建设成果，打造"庭院优美、环境整洁、健康时尚、文明和谐"的美丽新农家；提升农房建设设计和服务管理水平，试点建设一批特色鲜明、坚固持久、生态宜居、文化传承的示范农房，构建村庄院落、农房组团等空间，探索形成具有盘锦特色的新时代民居范式。

常态长期，健全现代乡村治理体系

坚持高位推动，从农民最关心的问题入手，充分尊重村民意愿，发挥村民主体作用，提高农民自建、自治、自管积极性，建立政府、集体、村民等多方共谋、共建、共管、共享机制。

　　强化地方党委和政府责任，建立市委、市政府统一领导，市直部门行业指导，县区政府主体实施，镇政府（涉农街道办事处）、村委会具体落实工作责任体系。选强配齐镇村班子，从市县两级选派优秀干部到镇村任职锻炼。同时，将村"两委"委员纳入社工编制人员范畴规范管理，建立健全绩效考核制度。健全机构、人员、管理、投入等体制机制，加大各级财政投入，不断总结和创新长效管护机制，确保治理到位、建设到位、管理到位。

　　农村人居环境整治涉及千家万户农民切身利益，根基在农民自觉自治。发挥村民自治作用，组织群众修订完善村规民约，村规民约包含农村人居环境整治各项工程，推动村民自我约束、自觉自主治理。

　　将农村人居环境整治工作与群众切身利益结合，全面宣传

盘山县红岩村

报道农村人居环境整治工作意义、内容、政策等，全程跟踪报道进展情况，调动群众建设自己家园的主动性和积极性。同时，健全覆盖城乡的公共就业服务体系，积极开展职业技能培训，探索"一村一技"乡村技能人才规模化、专业化培养新模式，培养一批三农领域"工匠人才"。扶持乡贤文化，鼓励新乡贤将自身的知识阅历、城市资源带到乡村，成为城市和乡村之间共同发展的桥梁。

培育文明新风，为美丽乡村注入美丽灵魂

美丽乡村不仅要美在山水生态、村容村貌，还要美在乡风文明、人文内涵，要将"物的美丽"与"人的美丽"一起抓，文明乡风、良好家风、淳朴民风共培育，不断提振农民群众的精气神，为美丽乡村注入美丽灵魂。

塑造文明乡风，秉持"村美人更美"的理念，将社会主义核心价值观融入乡村道路、文化墙、宣传栏，让村民在赏心悦目中受到教育。紧密结合特色小镇、美丽乡村建设，深入挖掘乡村特色文化符号，盘活地域特色文化资源，走特色化、差异化发展之路。以形神兼备为导向，把辽河口文化元素融入乡村建设，深挖地域文化历史韵味，弘扬人文之美，重塑诗意闲适的人文环境和田绿草青的居住环境，还美丽乡村原生田园风光和原本乡情乡愁。

文明乡风是看不见的"虚功"，但"虚"变"实"需要有效载体和阵地的依托。在美丽乡村建设规划中设置文化广场、文

化活动室、阅览室和图书室等设施；在美丽乡村考评标准中，融入文明乡风、良好家风、淳朴民风内容，并且对社会主义核心价值观、传承发展中华优秀传统文化、乡村公共文化服务体系建设等内容制定详细的考评细则，大力培育推动乡村文化振兴，建设邻里守望、诚信重礼、勤俭节约的文明乡村。

站在新起点上，按照习近平总书记关于改善人居环境重要指示批示精神，坚持"全域、全面、常态、长期"的工作思路，加快提升农村人居环境整体水平，打造美丽乡村升级版。

胜势　留住有文化的乡愁

辽河不远千里，奔腾而来，在千山山脉、阴山山脉相望之处冲刷而过，注入渤海。在自然伟力的作用之下，海岸线逐年推进，辽河入海口随之演化，堆积而成美丽丰饶的辽河三角洲。一次次的水进人退，一次次的水退人进，辽河口人在新覆盖的河泥之上，一遍遍地构筑新家园。一次次地希望破灭，再一次次地希望重建，辽河口人在房倒屋塌、颠沛流离中，始终初心不改，他们在内心留下一个小小的空间承载文化，记忆乡愁。

在我小的时候，几乎每家每户都把重要的家族记事刻在一块方方的木板上，早晚供奉；有时甚至把一两件有象征意义的物件当成载体，世代传承。在辽河口，几乎每个村子都有共同的记忆和留存，譬如寺庙、祠堂，记录着河海之间发生的大义事、感人事、有趣事。我的老家大洼区东风镇驾掌寺村就世代供奉一位300多年前辽河水泛滥时在水中救人的老驾掌，人们不知他姓名，遂取名驾掌寺。后来，寺庙几经毁坏重建，"驾掌寺"这个响亮的名字长存。在辽河口人的心里有一个独特的文化密码，用一方空间承载文化和传承。这次全市范围的美丽乡村建设中，他们仍然延续文化空间的传统，用了近三年的时间，进一步完善了乡村文化场馆建设；开展了丰富多彩的特色文化服务活动；强化了非物质文化遗产的传承和发扬，形成了"美丽+文化"的良好发展、相互促进的良性发展模式。

完善乡村文化场馆建设，留一方承载文化的空间

蜿蜒的辽河裹挟着丰肥的河泥细细打磨着辽河三角洲，河海汇聚，滋养着五色盘锦的丰厚内涵和神奇魅力。从地图上看，盘锦如横卧在辽东湾畔的一枚元宝，耀眼闪亮。向海大道、中华路如这枚元宝的筋脉，贯穿南北。诗意的盘锦人称这两条路为金廊、银带。天气晴好，驾车缓行，沿着金廊银带去寻访荣兴"稻作人家"。

"稻作人家"是荣兴街道以稻作为主题倾力打造的轻博物馆，用于过滤岁月沉重，容纳无尽的乡愁。你在轻博物馆里，从时间维度和空间维度，全面体验稻作文化的发展历程。而后，在原汁原味的民宿中放松身心，排解乡愁。这里的每一栋民宿都尽量保持原有的建筑风貌，室内舒适干净，散发稻作文化的清香。那间"遇·稻"咖啡馆，墙体居然是石头的，这在不产石料的盘锦是非常少见的，这也给"遇·稻"咖啡馆增添一份时间穿越的神秘感。

土地是生命的出发之所、回归之所，亦是扎根之所。在土地上耕耘劳作就像我们身边的空气和水一样，不值一提，稀松

平常。然而，"稻作人家"把稻作特意提出来，这里面包含着符号的特性，绝不是表面上一个普通旅游篇目那么简单。"稻作人家"是一个供人体验或重温生活的所在。它为我们滤掉了那种稻作的辛劳与坚持，以及琐碎与无助，为我们保留一个乡村生活的场景。此时，"稻作人家"不再是一个独立的个体存在，而是百余年稻作文化的文化血脉流淌其中。周边群众将其作为丰富文化生活、汲取前进力量的"精神粮仓"，游客也在这里读懂稻作文化，咀嚼文化乡愁。

　　"稻作人家"只是盘锦美丽乡村建设"美丽+文化"发展模式的一个示范点，像这样有特点、有看点的文化场馆比比皆是，如物产主题的大米博物馆、河蟹博物馆、芦笋博物馆等，教育主题的盘锦第一个党支部旧址、沙岭战役纪念馆、田庄台

二界沟开海节

出港

甲午海战纪念馆、得胜村史馆等，科普主题的湿地科学馆、妇
女儿童活动中心等，非遗文化主题的西安上口子高跷博物馆
等，这些场馆承载文化，讲述历史，让美丽变得可看、可读、
可回味。除了新建和完善的图书馆、文化馆、乡镇文化站、影
剧院及基层综合性文化中心等文化设施，对乡村有特点的文化
广场、文化墙进行提升完善，如得胜村的乡村大舞台，北窑村
的演艺大篷车，平安村、大堡子村文化广场，南锅村翰林文化
广场，均成为美丽乡村建设的点睛之笔。

　　宋代词人吴文英有一名句："何处合为秋？离人心上愁。"
乡愁是离开了乡村的人心上放不下的惦念，抹不去的春秋。乡
愁的核心是乡土文化、特色人文，是发生过、现在仍然起着积
极作用的文化遗产。比如在20世纪20年代的营田公司旧址建起
"稻作人家"，过去的人、事、图片、实物，保存了过去的农耕

文化，有厚重之美、沧桑之美，这就是一段乡愁。挖掘乡愁里的文化，就是留住有文化的乡愁。美丽+文化，挖掘文化积累的乡村，让美丽更有味道。

加强特色文化服务，丰富乡村文化供给

春潮破冰，渔家出海。每年海冰消融，盘锦二界沟都举行盛大的开海仪式，再现古渔雁文化盛景，表达渔民祈求鱼虾满舱、出海平安的美好愿望。开海节意味着本地冬季休渔期结束，渔民可以出海捕鱼了。一声令下，万船齐发，驶向辽东湾腹地水域，渔民们喊起古老的渔家号子，撒下开海第一网。渔民家眷在岸上点燃爆竹，为出海渔船讨个好彩头。

二界沟古渔雁先民崇信龙王，留下开海祭海的文化习俗。龙王是中国古代神话传说中在水里统领水族的王，掌管行云降雨，属于四灵之一。传说龙能行云布雨、消灾降福，象征祥瑞，所以对龙王崇拜就成为祈求平安和丰收的一种习俗。美丽乡村建设开展后，城乡面貌焕然一新，当地党委、政府经过挖掘、培植、打造，使开海节逐渐成为美丽+文化品牌活动。继开海节之后，各地陆续举办插秧节、开镰节、稻草节等节庆文化活动，丰富了乡村文化生活。

每年冬季，湿地冰封，是辽河口旅游淡季，可在广阔的乡村，冰雪的乐趣才刚刚开启。在辽河口司空见惯的冰凌上举办冰凌穿越赛，一群群装扮成企鹅模样的冰凌穿越者参与挑战，挑战严寒，挑战自我，留下征服者的足迹。绕阳湾冬捕更是还

开海祭祀

原渔猎文化元素，给挑战者满满丰收的体验。各个民宿适时推出各种特色活动，像大洼区新立镇推出的戏冰雪、泡温泉、住民宿、过大年等活动，吸引了周边游客纷纷前来。

丰富多彩的文化活动逐渐形成公共文化服务的盘锦模式，广大农民在美丽中实现更多文化服务。如今，他们也不再满足送上门的文化服务，立足于基层综合性文化中心，开启"点餐式""订单式"文化需求服务模式。文化供给也从"送文化"到"种文化"，从"个人乐"到"大家乐"，从"出作品"到"创精品"，开始慢慢转化。

奔走在美丽乡村之中，穿行在湿地繁花之间，感受文化服务需求的悄然转变。村子里文化广场飘来美妙的音乐声，醉人的花香穿过玻璃窗甜醉在心里，年华向晚，早生华发，却更富激情和生命力。哼几句北窑大篷车上放的北窑村歌，内心对这座幸福之城有了更深的体会。

强化"非遗"传承，留住有文化的乡愁

沿着辽河故道寻访，古镇田庄台那样不经意地伴着潮汐苏醒和睡眠。这座傍河兴衰600余年的古镇从外表上看与他处无异，条条七拐八弯的胡同线头一样地冒出来，汇成一条直通通的明清古街。古街的铺面很新，甚至还泛着些许新漆的味道，铺面里面的一些经营者传承的手艺却很旧，旧到可以上溯到几百年前。

这条街上的小吃非常有名，如"老胡家烧鸡""刘家果子""魏家盒糕"等，每一家都术有专精且传承久远。田庄台小吃不是一家、两家，而是一个群体，这个群体的先人早年间在田庄

开海节

台做吃食生意，逐渐专精并传承下来。他们不管世事如何变迁，始终坚守初心，传承技艺，使得田庄台小吃成为当地独特的一种文化现象。田庄台小吃随着时代发展而产生，却没有因岁月变迁，河流改道而湮灭，其间蕴含着辽河口文化的初心，也折射出赫赫扬名的"辽河巨埠"曾经的繁盛和寂寥。

有人说，留住乡愁要有一个抓手，要找到一个标志、一个"由头"，它可以是一棵树、一处老房子、一段故事，或一个人物。就是找到一个题目，借题发挥，溯本求源。田庄台小吃就是这古镇留住乡愁的"由头"。当地党委和政府抓住这个"由头"，不断吸纳支流，汇成了一条文化之河，最终成为一块可以照见田庄台历史的明镜。

不仅仅是田庄台小吃，在盘锦还有很多美食小吃类、手工技艺类、文化演艺类等非遗项目，如上口子高跷秧歌、古渔雁民间故事、民间香蜡制作技艺、大荒皮影、大洼稻占技艺，这些非遗项目组成乡村文化传承的基因和密码，通过非遗项目的展演、展示、展销，让乡村文化基因得到最广泛的传承和发展。为此，当地文化部门把非遗项目和特定的节日结合起来，举办"非遗"展销会，助推乡村文化大集繁盛；与湿地旅游结合起来，举办工艺精品文化节，推广地域特色文化产品。当地党委和政府更是依托辽河口湿地资源，创办中国首个湿地文化创意产业园，让散布于乡村的非遗项目得以最大限度展演、展示、展销，把"美丽＋文化"做成中国湿地旅游第一文化品牌。

繁花篇

　　繁花是指盛开的各种各样繁密的花。艾青在《复活的土地》一诗中写道："春天的脚步所经过的地方，到处是繁花与茂草。"本篇撷取几朵或繁密，或鲜艳，或特色的花朵排列成章。

繁花一 "新渔雁"的新生活

在辽河入海口、辽河三角洲的前沿地带，在海水潮汐作用下形成一条潮沟，在清代，沟东隶属海城县，沟西隶属广宁县，一沟界两县，遂称二界沟。那里涨潮为海、落潮为滩，有"渤海金滩"的美誉。现如今，人们仍称二界沟为辽东湾第一渔镇，因二界沟是古渔雁传人世世代代生活的地方，人也称其为"渔雁部落"。

走进"渔雁部落"二界沟街道，虽然早有心理准备，还是不期然与现代文明撞了个满怀。那种留存在资料中的原生态渔雁部落，海滩渔民、河海沟汉、鸥舞鹤翔、海边拾蜊、海鸟翻飞、渔船泛海的情节已经不落痕迹地消失在历史的烟尘中，除了空气中淡淡的海腥味和满目的海鲜酒馆，这个地界和其他街镇并无二致。那个开启河口人类文明的发源地，有着众多先民文化遗存和文化密码的渔雁部落，就这样以最不出人意料的面貌自然地展露她的姿容。

二界沟是个17平方公里的狭长地界，两条窄窄的街道，以街划分为两个村，海兴村和海隆村，居民安静富足地做着各自的营生，出海打鱼、卖海鲜和经营海鲜酒馆，还有些在挤挤挨挨的市场做着海鲜买卖。沿海滩新开发的渔雁小镇已具备了一些模样，一律白墙黛瓦的江南小镇风格。小镇分文化展示区、休闲别院区、渔雁文化复兴区、神农养生区及相关配套设施。目前，国家中心级渔港、二界沟风情一条街、渔人码头、忠旺生活住区、红马体育广场等已建成。当地人说，比照他们心目中渔雁小镇差了些模样，可兼收并蓄的二界沟人还是表现出更多的接纳和宽容。新建成的渔雁小镇背靠辽东湾新区，左首红海滩廊道，右首渔船归航，一幅崭新渔雁小镇的生动图景。从外表上看，二界沟人与其他地儿的盘锦人一样热情爽朗，勤劳质朴，可一旦和他们谈起古渔雁文化和祖先的荣光，他们就面目活泛起来，嘴里滔滔不绝，浑身散发着"新渔雁"的光彩。

"古渔雁"的传人

　　二界沟是一个半封闭的海岸水体，南面与海洋自由沟通，北面有辽河、双台子河、大凌河等水体注入，南来海水和陆域河水在这片水域交融，咸淡相融的海河两合水更适合鱼虾的洄游与繁衍，遂成富足的天然渔场。肥沃的浅滩且地势平缓，使得渔雁先民可以相对容易地在此地维系生活，也使得河口成为人类文明的发源地。表面上看，二界沟既非端坐辽河口腹地，亦未钻进辽河套内里，而是地处辽河口边缘，仅有一条潮沟与辽东湾往来沟通，二界沟坐落在东岸。辽东湾的潮汐每隔12小时20分钟左右，就是一涨一落两个流，一天则两涨两落四个

二界沟渔港

流，如此循环往复。退潮之际，海水自北向南回流，二界沟的渔船即可顺流出海；于海中捕鱼之后，海潮涨起，海水自南向北涌流，出海渔船可以顺流返航。也就是说，从二界沟到辽东湾的渔船，一出一返都能赶上顺流。据陪我们出海的老渔民介绍，这种顺流十分必要，先民出海全使帆船，靠风使船，见风使舵，风向并不是总能和目的地契合，所以船只对潮流的迎合非常重要。老渔民说着说着，哼唱起不知名的渔歌，声音高亢苍凉，穿越云层，和海天交界的大海相拥。这下我完全听不懂了，后来查找资料找到这样一首民谣："二界沟好地方，潮涨流北上，潮落流南淌；早出乘流去，晚归顺流返。潮退船出海，潮稳起丝网；鱼虾装满舱，潮涨转回乡。"我现在已经不知道老渔民唱的是什么，我宁愿相信老渔民唱的就是这首渔歌。

二界沟的民谣和民间故事就像海滩上生长的翅碱蓬一样，追逐大海，随风而长。几乎每个二界沟人都能随口唱出一两首渔歌，说出一两段民谣，讲出几段古渔雁故事。二界沟的刘则亭老先生搜集整理古渔雁民间故事2000多则，我在刘则亭老先生所著的《渔家的传说》《辽东湾的传说》《渔村史》《海湾传说》《渔家风物民俗史话》等书中读到过这些精彩故事。刘则亭老先生收集的古渔雁渔猎生活物件400余件，大大小小的铁锚70余件，锈迹斑斑的铁锚是古渔雁先民留给后人的丰厚文化遗存，亦是古渔雁先民搏击风浪的凛凛风骨，具有重大的历史价值、很高的科学价值、独特的文化价值和深刻的现实意义。刘则亭老先生和他的古渔雁民间故事已经列入第一批中国国家级非物质文化遗产目录。这种"古渔雁"式行踪在世界范围内多已绝迹，唯独二界沟还有遗存，有学者称其为"人类远古渔猎活动的活化石"。

土生土长的二界沟小伙子袁野就是听着古渔雁民间故事长大的"新渔雁"，他随手指着南面的一片海滩告诉我，文蛤滩南面有片滩涂叫铁锚岗，传说是二界沟的一个小渔夫海娃变的。他说海娃自小腿脚勤，记性好又聪明，村里的长者吩咐他挨船挨户齐那海口点灯笼标的油。规定一船一两，一户一两，得齐油五千两，才够一年灯笼标用油，多一滴有余，少一滴不够。不多日子，海娃将五千两油齐齐整整装满几大缸。当晚，海娃乘人不备，往自家锅里多放两勺油。就在那一年海上渔事将要结束的一个夜晚，灯笼标断油灯熄，进港渔船失去灯笼标指引，脱锚失事遇难。海娃没想到自己一时小贪，酿下大祸，非常痛悔，遂被罚到南滩做一只铁锚，五年期满才能回家。海娃兢兢业业坚守岗位，救助往来渔船。就在五年期满之际，遇上海盗抢劫渔女，海娃不顾回家期限，死死拖住海盗船，救下渔女。结果，海娃因耽误回家期限，化成一只铁锚，世世代代守卫他的文蛤滩。后来，人们为纪念海娃把文蛤滩南端起名"铁锚岗"。袁野指着海滩南端一片影影绰绰凸起的陆地，告诉我，那就是铁锚岗。

在袁野的引领下，我沿着街路细细寻觅当年渔雁的踪迹。据袁野介绍，当初这些街路都是不存在的，都是浅滩渔场，早期水雁、陆雁都曾在这里讨生活。顺着街道慢慢走，不时停下脚步听居民说一段渔雁故事传说，眼前浮现从其他河口候鸟一样迁徙而来的渔雁人家，他们披星戴月，栉风沐雨，摇着船，拖儿带女，携带全部家当涌入辽东湾，以捕捞鱼虾或以服务捕捞业为行当，追逐着洄游的鱼虾，候鸟一样生产生活，代代相传。那个年代，二界沟没有柏油马路，整个渔雁部落都铺满厚厚的蛤蜊壳作为街路。在冥想中低下头来，目光不时为脚下的蛤蜊壳吸引，捡拾起来，那老旧斑驳的蛤蜊壳，不知道为哪代渔雁所遗落还是近代渔民遗弃，顿时产生时空穿越的错觉。

"船"奇人物张兴华

辽河这条巨龙在入海时渐次摆尾，不经意地成全和失落了一些地界，如牛庄、海城、田庄台、二界沟、营口，随着海岸线渐退，二界沟拥有了便于出入辽东湾的地利，成为关内外渔民的落脚点和聚居地。在以世纪为单位来流转的漫长岁月中，人类远祖逐渐摸索出了规律，知道了这一处河口何时封冻，那一处河口又几时开化，于是他们有规律地在各个入海河口（据《辽宁地域文化通览》一书记载，中国有1800多个天然入海河口）之间往来穿梭，追逐着变换的四季，追逐着洄游的鱼虾。据说，明代二界沟一带就有渔民栖息，那在阳光下莹亮了300多年的蛤蜊壳文化遗存，让人不由自主地想到渔雁先民的荣光。

二界沟渔民在长久的海捞过程中，不断改良、创新自己使用的船只，逐渐摸索出一整套制造木质排船的技艺，成为渔民的看家本领。随着岁月流转，渔事变迁，二界沟排船技艺穿越时光尘埃，传承下来。在二界沟有个"盘锦远航造船厂"，门脸不大，走进去却别有洞天。十几艘大大小小的木船罗列在空地上，几位工人正在忙碌着给其中一艘木船上漆。这个船厂的厂长叫张兴华，是手工排船技艺的传承人。他是拥有30多年造木船经验的老匠人，一个精通木船制作全部工序的"掌作"师傅。

张兴华带着我们参观二界沟排船工艺展览室，我们从一座座微型船模上感受排船的精湛技艺。在张兴华的辽河口排船博物馆里有一艘200年前的古船，是他花了1000元从渔民手里买回来的。渔船不贵，装车、运输却花了近万元。张兴华对手工排船的痴迷让他倾注毕生精力传承手工排船技艺，他说他最大的理想就是努力造好船，为渔民扬帆起航，助他们平安归来。

没有人知道手工排船起源于哪年，也不知道开启这种技艺的祖师爷是哪一个，反正有渔雁先民的地方就有手工排船技艺，这技艺靠的是一代又一代的渔雁先民手把手的传承与延续。排船需要实践经验，更需要口耳相传的工艺传承。排船需要木匠、捻匠、铁匠等一应技术工种的通力合作，而"掌作"则是这个多工种团队中的技术领袖，张兴华就是从一次次实践中成长起来的"掌作"。从安放龙骨、组装骨架、上船外壳、安驾驶舱到捻船，每道工序都井然有序。一条30多米长的大船，需要53道工序，三四十人，干两个多月才能排完，而每一道工序都要精雕细刻，每一个细节都不能有任何疏漏。去年夏天，市文联排演的大型音舞诗舞台剧《辽河口》，就是讲一个排船世家闯海养海的故事，剧中主人公告诫后人，排船时永远记住一句话："船上载的是命，装的是家。"是的，面对承载他们身家性命的船，排船人会融入更多祈愿和情感。"砍龙骨""上大鼻子""下坞"这三个重要阶段，甚至会上升为神圣的民俗仪式。"砍龙骨"是排船开工，船主和掌作（也就是船厂厂长）邀请众多亲朋好友，选个良辰吉日，奉上祭品，热热闹闹地庆祝一番。等到船舶具有雏形——"上大鼻子"，和排船下海——"下坞"，则要在大鼻子和龙骨上披红挂花，燃放鞭炮，向上苍讨个吉利，向海神祈求新的大船能一帆风顺。

这样精密、严细、持久的排船过程，开端仅始于一个口头约定。据当地民俗专家张明老师的著作《辽东湾渔猎文明的遗存——二界沟排船》记载，有想排船的渔民与排船师傅沟通，达成排船意向，敲定船只的材质、样式、尺寸等。之后开始排船。从那一刻起，他们就分属于两个称呼——"船主""掌作"。没有书面协议，没有他人担保，人常说"空口无凭"，而价值不菲的排船恰恰开始于"空口"，凭的就是信任。就好像传承几千年的排船技艺一样，没有现成文献样本，凭的就是口耳相传和约定俗成。张兴华作为手工排船技艺传承人，曾尝试改变这种"空口无凭"，他对捻船技艺的改进被收入《国家木质渔船捻缝检验规则》，他本人也成为该标准的起草人。另外，他钻研的木船防海蛆技艺也取得了突破性进展。凭着对排船技艺的执着，张兴华这个渔家汉子登上中央电视台，成为《大国工匠》的主角。

走出船厂，我忽然发现一堆摆放整齐的木头，随口问张兴华，这些木头都是排船用的吗？

张兴华告诉我，用于排船的木头是非常有讲究的，槐木用来做骨架，落叶松用来做龙骨，红松做外壳的板材，内壳则用落叶松，抗腐蚀，这些不同质地的木头，根据它们适应不同环境的腐蚀性，选择不同的使用位置。看吧，排船每个环节都这么科学有序，可见我们的古渔雁多么有智慧。

听了张兴华的解释，我还是有疑问，那么，你们在排船的过程中完全沿袭古法吗？

张兴华说，虽然仍沿用古老的造船方法，但他偶尔也会使用一点高科技手段，比如以前一块木板一张白纸，摊开就开始画图，现在他也用电脑画图了。

问及他今后的打算，张兴华表示，他的目标是将自己造的船卖得更远一些，希望以后能将二界沟的船卖到全国各地。

李子元和他的船工号子

行走在"渔雁部落",总在试图找寻渔雁文化的核心和内动力。试想在没有动力帆船的年代,渔雁先民摇桨、撑篙、拉网、打橹,有时候需要齐聚力量,才可以生存下去。而船工号子能有效集聚集体能量,用瞬间爆发的集体力量来支撑生活,这种一人喊号、集体唱和的方式称为船工号子,也称"海上摇滚"。

李子元老人曾经是船工号子的号头。老人80多岁了,精神矍铄,声音洪亮,谈起过去喊着号子,和工友一起走过的艰难岁月,总是感慨颇多。老人一生经历坎坷,且博识强记,他做

开海了

过艺人，捕过鱼，现在喊起号子来还朗朗上口，底气十足。老人诙谐机智，看见什么就能喊出什么，应情应景，引发共鸣。如果队伍中有心不在焉、滥竽充数的，老人一嗓子喊出去，大家欢腾一笑，神游者回过神来，在嗨哟嗨哟的节奏里，一起展现团队的力量。

比如：出海打鱼（众声：嗨哟嗨哟），跟船跑啊（众声和：嗨哟嗨哟），想媳妇儿想的（众声：嗨哟嗨哟），直跺脚哇（众声：嗨哟嗨哟），憋得小脸（众声：嗨哟嗨哟），像火烤哇（众声：嗨哟嗨哟）。

再比如：小六子跳墙（众声：嗨哟嗨哟），狗不咬哇（众声：嗨哟嗨哟），闺女丢了（众声：嗨哟嗨哟），妈不找哇（众：嗨哟嗨哟），蛤蜊皮子（众声：嗨哟嗨哟），不扎脚哇（众声：嗨哟嗨哟）。

这种固有的节奏把我们带回到过去的苍凉年月中，二界沟渔民在劳动生活中自发喊出的"海上摇滚"，唱出渔民生活的快意和力量、豪迈和艰辛。八种号子，荡气回肠，旋律依旧，船工远去，记忆深处，那一声声呼唤生活的号子，在需要积蓄力量，载动二界沟这艘大船的时候，我们依然期盼着谁来喊一声船工号子：哟——哎——嗨哟……噢——耶呀呀，哎呀——嗨哟哟——啊嗨——

盛大的开海祭海仪式

连日来，在找寻"渔雁部落"和新型渔雁小镇交替变化中行走、感悟，不时会怨妇一样地抱怨现代的野蛮破坏了历史的朴素，一会儿又感叹时代的便捷丰富了现代渔民的生活。我知道自己不能以抒情的名义拖历史进步的后腿，恍惚中内心还是小小地纠结了一下。当然，随着海岸线渐退，滩涂向良田转变，二界沟码头逐渐延展向海洋深处，周边滩涂海产资源逐渐萎缩，渔民捕捞已从滩涂走向深海，从远古走来的渔雁小镇必然跟着转型走向陆地。沧海桑田，哪一刻不在转变，处在发展中的二界沟也一样不能免俗。原有的渔雁文化形态转化为民俗文化符号融入血液中，在特定的民俗活动中得以充分体现。在二界沟，依然保留和沿袭了古渔雁的诸多习俗，堪称人类远古渔猎活动的活化石。

二界沟自古就有龙王崇拜和开海祭海的习俗，近几年，二界沟镇党委、政府在传统的渔家开海节的基础上，深入挖掘古渔雁文化，充分还原了古渔雁已经失传了的船工号子、渔家祭祀等民俗活动，传承300多年的渔猎文明，传递渔民对大海的感恩敬畏之情，让远古的渔雁文化破除岁月尘封，走向人们心里。

活动现场鼓乐齐鸣，人声鼎沸，热闹非凡，开海节独特的魅力以及传统的歌舞表演吸引了大量省内外群众前来观赏。当浩荡的渔船队伍离岸驶向渤海的深处，渔雁先民的企盼穿越时空，与我们重合在一起。"洪荒开蒙，大海同生，洪涛澜汗，万里无际。吞吐日月而耀星辰，吸纳百川而开万物，涵孕八极而承人寰。渔樵耕猎，凭此发端，龙子龙孙，赖此繁衍。"刘长青、张铁民的《祭海词》穿越时空，感天动地。我们的新渔雁奉上祭品，奉上祭文，奉上五谷，奉上一颗虔诚的心，祈求神祇，赐我们一帆风顺，赐我们鱼虾满舱，赐我们平安幸福生活。浪涌喧嚣的海岸，歌舞鼓乐、鞭炮齐鸣，为即将远航的渔雁攒足了激情和热望，百舸争流，众神让路，我们出发吧！

在古渔雁漫长的河口捕捞史里，闯海人既征服也敬畏，候鸟般迁徙洄游，从"截沟拦汊发展到扎筏入海，再到驾舟踏浪"，一路前行！刘长青老师在《祭海词》中写道："茫茫沧海，乏龙怎渡：风浪求存，非龙岂获。祈福四海龙王、九江八河之神灵：慈航普度，朦艟沐德，星槎被光，送子民一路平安；泽惠滨海，海酿丰饶，水中捞金；滩遍甲介，泥中捧金，再赐我'日进斗金'之'好河田'。"

看我们的新渔雁，面朝大海，去迎接新的春暖花开！

神奇的老坨子

老坨子是我此次走进"渔雁部落"的最后一站，也是保存最完好的一处古渔村遗址。老坨子在二界沟镇西南海岸边，是一处浪花簇拥的岗坨，是渔雁部落唯一没有被文明耕耘过的原生态古渔村遗址。

我听说有这样一个地方，无疑提振了精神。等不及做准备，也不听周围人劝告，忙不迭催促袁野上路。刚一下柏油路，老坨子像给我眼罩戴一样，用一条坑坑洼洼的土路给我最强的阻挡。这是必然的，如果通向老坨子是光溜的柏油路，那老坨子还能有什么保持完好的原生态呢？我毫不犹豫驶上土路，汽车底盘传来磕硬的喘息和变声的马达轰鸣，袁野劝我回去换车，我咬着牙，以20迈龟行速度前进，想用毅力和老坨子较量。结果前行不过一两公里，风大尘扬，车内热气蒸腾，路更加难行，汽车在与土路一次次硬磕中败下阵来，干脆趴窝不干了。没奈何，我们只得打道回府，内心无限惆怅，同时对和我捉迷藏的老坨子有了更大的兴趣。

从二界沟回来后，俗事缠身，又蹉跎数日，才再一次准备去老坨子。因有了上次的经验，这次我们改乘越野车奔老坨子，几度停停走走，终于来到这渔雁先民的圣地。

登上老坨子，像走入原始渔雁部落。老坨子面积不足两平方公里，三面受水浸泡，背靠陆地亦是盐碱的不毛之地。老坨子上的植物长得茂盛且随心所欲，层层叠叠，挤挤挨挨的，草、树、藤、花都肆无忌惮地生长着，完全没有被文明耕耘的痕迹。这里有200余年的古桑及年轮不详呈对称状的古柳，枝杈纵横，遮天蔽日，植物林林总总，没规则、没秩序，有一种步入原始森林之感。有人说，这里的树木是冬去春来的候鸟从粪便中播下的，仔细看来，确实没有人为播种的整齐划一感。这里树木众多，蒿草繁茂，远远望去像镶嵌在海滩上的一块翡翠。据当地人介绍，这块弹丸之地，鸟多、蛇多。春天这里的鸟最多，多是候鸟，漂洋过海，来此驻足，多时达千只。虽然鸟多，却很少有鸟儿在此筑巢孵化，因为这里蛇多，有的盘于树上，有的伏于蒿草之中。据在这里居住的人介绍，最粗的一条蛇有10厘米粗细，3米多长。这里还有野鸡、野兔、狐狸、水獭等时而出没。

最早发现老坨子的渔雁先民在大海中追逐奔波，忽然发现海面上这片永不沉没的神奇老坨子，于是奔上来，休憩饮水，升起炊烟，等待潮起返程。在老坨子上至今还有一眼淡水泉，所说的泉，就是一个形似锅底的水泡子，直径30米左右，四周为各种树木环抱。据说，此泉不管如何干旱，水不枯竭，水位固定。由于泉已多年无人清淤，年复一年树叶沉积，已没有水清见底之状，但捧在手里仍觉清澈。有了淡水，就有渔雁先民在这里栖息繁衍。在淡水泉四周有六棵大榆树环抱，每棵榆树枝干粗壮错节，据猜测可能是二界沟先民栽植，具体为哪一代先民，已无据可考。也许他们当年看重这个珍贵的淡水资源，在坨上落脚扎根，栽植果树和农作物。这六棵大榆树不知道见证了多少次潮涨潮落，几代人繁衍生息。这眼生命不竭的淡水泉一直护佑着当地的渔民，渔民也对它充满了膜拜之情，许多人目睹这口泉连降大雨水不涨，干旱数日水不降，连续抽水水不干，海水涨潮泉不淹，任凭旱涝，泉水依然。可能地质科学家能轻松解释其中原理，但二界沟的居民更情愿相信老坨子和这口泉的神奇之处。

在老坨子这两平方公里的地界，除了这眼泉就是老坨子神庙了，据说神庙是渔雁先民为祈求上苍降福、顺利返航而修建的。来老坨子的人多是赶海捞虾、下旱网的，把这里充为驿站。在海上30公里处第一眼看到的陆地便是老坨子。以前，老坨子上面有棵古榆，渔民后来就在老榆树上挂风灯，老榆树便成了航标灯。赶海的渔人为了祈求神灵保佑，就筹资在老坨子上修建了这座神庙。据说神庙修成后，有求必应，灵验异常。老坨子究竟有多高，至今尚没考证，老坨子前面几米处就是海滩，长多大潮从没淹没过它。据传，历史上海啸都未曾淹没过老坨子，人们久传其为潮涨，老坨子也长。近几年，神庙因年久失修，当地政府已经在原址整修了老坨子神庙，老坨子任凭潮涨海啸，岿然不动。

每年都有一些艺术家朋友来到二界沟采风创作，其中以写生、摄影为最多，他们自发、自主、自愿地记录着古渔雁的生活经历与文化风情，无论是在造船厂、补网场，还是在码头、渔市，都有他们的身影。他们就着腥咸浓淡胶着的河海气息，汇聚着南腔北调的语音方言，诠释着一种古老而现代的文化传承。我的一位艺术家朋友总结，来二界沟创作，要一听二看三吃四喝。他的一二三四，我不见得完全遵从，可我在这里听了看了几天，就差吃了喝了，不能把这个程序落下。于是，我邀上这二三好友，选取一家靠海边的海鲜酒馆，点几盘特色海鲜，就着光影流溢的夕阳，浅酌一口老酒，欣赏河海交融、水天一线的壮阔。

那一天，我们吃着海蜇炖肉、家炖海鲇鱼、煮虾爬子、八爪鱼炖宽粉，喝下了平生最多的老酒。酒后的我对着友人谈兴大发，对新渔雁继承传统、开拓未来充满希望又深深忧虑，这几天的矛盾纠结被喝到腹中的老酒凝聚发酵成一句心里话，新渔雁们，不忘初心、牢记使命，开启你们崭新的生活吧！

繁花二　得胜村的乡村振兴路

　　有人说得胜村是一幅画，阡陌纵横流水潺潺；有人说得胜村是一首诗，底蕴深厚吟醉乡愁；还有人说，得胜村是一曲飞歌，唱响乡村振兴的最美乐章。

　　得胜村只是盘山县城和辽河口湿地相连接的一个普通村庄，因得胜碑而得名。村名得胜，蕴含深刻的历史渊源与现实期盼，也因为得胜碑而显得更有韵味和魅力。据传得胜碑下埋

得胜林

有两个镇碑的金马驹，南方的寻宝人曾千方百计来寻宝夺宝，只是挖走了碑面的黄金，而金马驹则是一无所获。据得胜村的老辈讲，正因为有得胜碑及其座下金马驹的庇佑，得胜村才雨顺风调，年景一年比一年好。现如今，得胜的村民纷纷说，党的乡村振兴战略让得胜村建立起城乡融合发展的体制机制和政策体系，走上乡村振兴之路。近几年，得胜村更是一路高歌猛进，先后荣获农业农村部、住建部"美丽宜居村庄""中国美丽休闲乡村"以及"辽宁省环境优美村""辽宁省十佳村""辽宁省环境优美村""辽宁省文明家园示范村"等30多项殊荣。

产业兴旺，抓到乡村振兴的牛鼻子

得胜村党支部书记王光是土生土长的村里人，既熟悉农业、农村、农民工作，又了解村情民意，他把得胜村乡村振兴工作称为乡村产业、生态、乡风、治理、生活"五子"登科。王光认为，在"五子"登科这五个元素里，产业兴旺是基础，生态宜居是关键，乡风文明是动力，治理有效是保障，生活富裕是根本。

乡村振兴，产业兴旺是基础，是其他"四子"登科的前提条件。可以这样理解，实现产业兴旺也就是抓住了乡村振兴的牛鼻子。得胜村产业以农业种养业为主，村"两委"班子调整农业结构，促进农民增收，围绕本地优势产业链，发挥自身优势，重点扶持发展一批规模大、关联度密、科技含量高、带动能力强的农业龙头项目，让龙头项目——种养大户积极带动中小型农户共同发展。他们先后从台安西平引进寒富苹果,从吉林引进郁金香葡萄栽培项目,试种软枣猕猴桃等错季水果品种,待试种成功后,开始大面积推广。农民开始思想不通,怕赔钱,村里就利用相关扶持政策,为他们争取到免费树苗试种,看到好处的村民纷纷扩大种植面积,全村苹果葡萄种植面积很快翻了两番。到了秋季,满村硕果飘香,景色醉人。为了帮助村民推销苹果,村"两委"班子适时举办苹果采摘节,用得胜村传统的皮影戏和其他文艺演出活动吸引游客入村采摘休闲。得当的组织策划,精彩的文艺节目,引得游人如织。如今,苹果、葡萄采摘已形成品牌,采摘节闻名遐迩,采摘客纷纷前来,直接促进了果农增收。在扩大苹果种植的同时,不断增加大豆、花生种植面积,玉米种植面积逐年减少,让农产品产生最大经济效益。

村内黄牛、安格斯牛、梅花鹿等动物养殖形成规模,养殖户收入不断攀升。对于村内其他村民,鼓励他们宜农则农、宜渔则渔、宜商则商、宜游则游,同时,鼓励村民自主创业,成立建筑队、运输队、修理部、餐饮服务专业组织等,以农民产业兴旺带动全村产业兴旺,为乡村振兴提供坚实基础。

生态宜居,打造美丽乡村现实样板

按照"风景美、街道美、庭院美、生态美、生活美"的目标,打造生态宜居美丽乡村现实样板。得胜村在原有村屯规划基础上,开展道路建设与维护、入户桥、围墙围栏、边沟、路

民宿

肩（牙石）硬化等设施建设，迅速推进柴堆、粪堆、杂物堆、灰堆、厕所"五进院"，院内物品摆放有序，严格禁止污水乱泼乱倒、牲畜乱放、随地乱扔杂物等不文明行为，成立了专门的保洁员队伍，对所有街道和公共场所全天候保洁，结合工作实际，围绕水源、大气、土壤污染，突出抓好绿化、美化、亮化和硬化工程，形成全村绿化保护屏障，降低噪声污染和大气污染，防止土壤沙化，使环境质量达到创建要求，全面提升村容村貌。得胜村从面目模糊到眉清目秀几乎是眨眼之间，村民从得胜村的变化看到美丽乡村建设的成果，纷纷从自身角度支持和参与。得胜村"两委"班子因势利导，有效利用这种积极性，开通自筹和上级资金支持两种渠道，加快村屯基础设施建设，安装太阳能路灯、边沟硬化、庭院甬路硬化、改厕、铺设水污管线、垃圾分类等，得胜村生活环境不断改善，生活质量不断提高，美丽乡村的现实版初露端倪。

为打造生态宜居美丽乡村，村"两委"班子积极治理水土流失，减少化肥施用量，推广秸秆综合利用，大力推进清洁能源建设，加强水资源保护，控制水污染，减少污染物排放，桩桩件件，全部措施到位，落到实处。王光带着"两委"班子忙得脚不沾地，每件事都做到有规划，有专人负责，有监督激励机制，有效保护了自然资源，促进了经济社会与生态环境协调发展。生态宜居美丽乡村建设既带动了经济发展，又让人的综合素质、文明程度都有了质的飞跃。

乡风文明，塑造美丽乡村之魂

管子云："万民乡风，旦暮利之。"乡风是维系中华民族文化基因的重要纽带，是流淌在田野上的故土乡愁。得胜村以新时代文明实践站、党史馆为主要载体，以"举旗帜、聚民心、育新人、兴文化、展形象"为实践主题，融合民俗、生态、红色文化于一体，营造健康向上的文明乡风，塑造美丽乡村之魂。

2015年，得胜村建起辽宁省第一家村级党史馆，聘请本村居民、退休教师陆万长为义务讲解员。开馆以来，陆老师饱含深情为村民介绍党的光辉历程，鲜活的人物，不平凡的事迹，让人们回到那战火纷飞的年月，回顾党艰难曲折的奋斗历程，更加珍惜当前来之不易的幸福生活。随着党史馆影响力越来越大，省内外、国内外参观者纷纷前来。浓厚的党史风格，鲜明的党建特色，给人留下深刻印象。近两年，党史馆已接待中组部、中宣部及省内外领导干部、党员、青少年5万余人次。

新时代文明实践站更是把家庭文化、家教文化、家风文化融入精神文明建设中，得胜村通过皮影戏这种特色古老艺术形式，对家教家风进行解读和弘扬。得胜村皮影为市级非物质文化遗产，吸收了唐山皮影重要元素，融合精神文明建设内容，演出时，演员自编自演、便捷活泼、生动传神、入脑入心，深受观众好评。借助苹果、葡萄采摘节，开展丰富多彩文艺活动，把生活中发生的有趣事、感人事通过群众喜闻乐见的艺术形式表达出来，凝聚人气，汇聚力量，极大促进了果农增收。同时，选树典型，现身说法，吸引群众广泛参与、凝聚共识，推动家庭美德落地生根。

回顾过去，得胜村从遥远的洪荒走来，得胜碑、西大庙等古迹见证了得胜村的来时路；展望未来，得胜村正奋勇向前。党支部的坚强领导、党员的模范带头、群众的积极参与为得胜村实施乡村振兴战略提供生生不息的原动力。一粒美好的种子，在这里落地生根，逐渐开花结果，到如今长成参天大树。

治理有效，实现从"碎片化"到"整合化"

我国各地区乡村之间的情况千差万别，但要达到"治理有效"的共同目标，总要遵循一些基本的思路和策略。到现在王光也没有理解透"治理"的精髓与内涵，但他从多年工作实践中摸索到一些治理有效的"密码"，他的密码不复杂，把自身工

民宿院落

作实践与上级的相关措施有效融合，把平素"碎片化"的方针政策整合起来，概括为党建引领、长效机制、资源共享三大策略，实现乡村有效治理。

以党建为抓手，筑强党支部战斗堡垒。充分发挥村党史馆的教育阵地作用，通过红色教育凝聚正能量，用党员先锋模范作用树立为民服务的旗帜。一是发挥好村"两委"班子火车头引领作用，带动村民致富奔小康，凝聚乡村振兴的人气。村"两委"班子带头引领全村拓宽增收渠道，加强队伍建设，积极探索发展乡村振兴战略途径，推动强村富民，让群众生活幸福指数不断提高。二是规范党员管理，抓好党员发展工作。得胜村把优秀村民培养为党员，从优秀党员中培养支部书记，把优秀支部书记培养成党委成员，这样一来，使党支部这个战斗堡垒有了用之不竭的后备力量。三是不断推进党务公开、村务公开、财务公开，让村民全参与到村里大小事儿中来，激发大家共同参与的热情。有的村民对我说，农村富不富，关键看支部；支部强不强，关键看"头羊"。得胜村有今天的成绩，村"两委"该记头功！王光是个内敛的人，他告诉我："我是村党支部书记，我努力付出是应该的，可我这一班人跟着我受累了。"说完，堂堂五尺高的汉子，声音哽咽了。从得胜村走出来，我清晰地认识到，发挥好村"两委"班子的作用，就是给乡村有效治理装上了一个动力强劲的火车头。

建立长效工作机制，为乡村治理提供保障。一是建起分级联动管理机制，村"两委"、网格中心、保洁队伍、各村民组各司其职、分工协作，确保实效；二是发挥群众议事会、党群议事会作用，实行村事村议，增强工作透明度；三是继续发挥党员干部模范带头作用，分片包干，联户助民，使创建工作周密细致，不留死角。

共建共享共同富裕，各层面人群全覆盖。比如，得胜村环境美，村民富，长寿是得胜村的普遍现象，村里设立老年人日间照料中心，老人可以在这里吹拉弹唱、写写画画、下下棋、打打球等；再比如，根据村里夫妻出去打工，孩子在家没人带，有的妇女群众就业技能不多等实际情况，建立妇女儿童之家，加强妇女就业培训和孩子日间照料，实现资源共享，合理利用。现如今，村里各层面人群都建立了实践阵地，村内社会保险、合作医疗已实现全覆盖。

生活富裕，美丽乡村建设的落脚点

乡村振兴，生活富裕是根本。让农民有持续稳定的收入来源，实现经济宽裕、衣食无忧、生活便利、共同富裕，不断提高人民群众对美好生活的向往热度，是乡村振兴的目标，也是社会和谐的根本要求。

通过大力发展特色种养业、农产品加工业、农村服务业，带动农民就业致富。持续推进实施"全域旅游"发展战略，充分利用得胜碑、明长城、西大庙、皮影戏等民俗文化资源，打造得胜村历史文化景观带，结合生态建设，深入挖掘和释放农村资源优势，把村庄建成特色景点，把农家庭院建成民宿客

民宿院门

栈，通过乡村旅游后备厢行动，让旅游消费与农副土特产品销售同步，多渠道增加农民收入。

王光介绍，他最初设计苹果采摘节就是从"逆城市化"角度出发的，从原生态农耕生活体验出发，聚焦生态休闲旅游农业，打造集观光、休闲和旅游于一体的新型农业生产经营形态。

怕我听不明白，王光继续分析道，都市人之所以想到乡村，核心诉求是转换环境。因此，他们来得胜村并非将农村作为生活目的地，而是作为体验场所。只有深刻理解都市人内心深处的渴求，才能围绕他们的需求，将乡村与城市的差异做出来，让都市人到乡村真正实现从一个生活空间转换到另一个生活空间。

一下子说了这么多话，而且说得头头是道，这是我认识王光以来，他说得最多的一次。

分手时，王光几乎没有寒暄，就那样站在夕阳下，望着我微笑。

回望花团锦簇的得胜村，我的内心涌起一种叫作佩服的情绪来，就是这样一个实实诚诚的汉子，带领全村人，走出了一条产业强村、旅游兴村、项目带村和文化活村的乡村振兴新路子。

繁花三　一个公园村的前世今生

大堡子的美在于处处精致，时时在画中，整个村子像一个没有围墙的公园，移步换景，美不胜收。信步小巷，百姓房前屋后干净整洁，院墙整齐划一，行道树挺拔葱郁，花草连片覆盖，路灯排列成行，垃圾分类处理，整个村子绿树环绕，花红草绿，天蓝水清，似一幅风光旖旎的画卷。

前世：烽火狼烟家园梦

大堡子的前世一片烽火狼烟。这里曾是史上赫赫有名的黑风关，是评书《隋唐演义》中"薛礼征东"章节的重要关隘。那里曾留下烽火鏖战的英雄侠义，也留下毒烟、瘴气、陷阱和"十二把飞刀"的传奇。据传黑风关始建于隋末唐初，主城、东西南北延长各为120米，分设东西两座拱形城门，城墙高三丈六尺，底部宽8米，顶部宽3.6米，两侧垛口林立。主城建筑面积为1.44万平方米，与东西两座城门相连，又分别设有二丈八尺高的瓮城，以备战时应急之用。城内分设四条登城马道，东西两座城门顶部又分别设有城门楼、旗杆，内城可容纳三千兵马，东门外设有校军场，城西有下水道，由城内流向南面的大海沟后流淌入海。

黑风关位于塞外幽州城（今辽宁省北镇市）南边，三江阅古城（今辽宁省海城市）西北，与两城分别相距约75公里。西、南两面环海，东、北两面为陆路，一条东来北去的古道途经这里。黑风关城凭着得天独厚的地理位置及丰富的海洋资源，成为交通重要门户，也成了兵家必争之地。

到了明代末年，这里更成为抵御清军铁骑的重要关口。一茬又一茬的刀兵过后，黑风关沉寂下来，犹如一座死城。这时，有一户关里的李姓人家，筚路蓝缕，闯关东来到黑风关城下。看到狼烟过后的一片死寂，大着胆子想进城定居，可抬头看见城墙上的大炮，担心军队回来惹出是非，就没敢进城，定居在了城外。黑风关城北有一个打造刀枪兵器的铁厂，城南有一座道观，名叫圣清宫。这李姓人家为了与关里家人通信联系，便以铁厂为标志，给这里起了村名叫大铁厂堡。后来，人们逐渐把村名演变为大堡子村。

从此，这片土地除狼烟之外，还升起了炊烟。有了第一缕炊烟，就凝聚了更多的人，大堡子村开始走向发展繁盛。那个年月，战乱纷繁，老百姓的日子苦不堪言，勤劳善良的人们如翅碱蓬一样，顽强地扎根在这片盐碱地上，渔耕混作勉强糊口，可他们有本事把苦日子过成传奇。他们在这里留下牧马人的传说，也留下拓荒者的印迹，更留下金鸡报恩、金凤产蛋、金马驹儿产宝等金光闪闪的传奇故事，让这遍地烽烟的黑风

大堡子圣清宫

关，因他们而走出硝烟，过上烟火人生。

黑风关随着岁月流转而逐渐湮灭，到如今只留下一尺高的城墙地基，还在诉说着黑风关的传奇。大堡子村则从明末的关口要隘走向如今的宜居乡村，这一走就是300多年。

300多年间，世事变迁，物是人非，而第一个来到这里的李姓人家一直没有离开，他们耕读传家，用实际行动诠释自己的家园梦。大堡子的文化带着渔耕文化的内敛和自给自足的味道，也带着移民文化的开放与包容的气息。漫长的300多年，村民把愿望、诉求寄托在道观圣清宫里的诸神身上。圣清宫始建于清雍正年间，香火繁盛时为东北最大的道观。后来圣清宫因年久失修，湮没在岁月的风尘中。如今重修的道观静静伫立在村中，绽放着历史文化的光辉。其实，不论是黑风关、大铁厂，还是圣清宫，都是大堡子历史变迁的文化符号。这些文化符号穿越历史，到如今还熠熠生辉。走进大堡子，你仍能感受到历史文化的独特内质。一进村，以廉政名言警句、传统二十四孝、《弟子规》、古诗词为主要内容的文化墙，让村子的文化味道一下子浓厚起来。村内路灯杆上展示社会主义核心价值观的道旗迎风飘扬，文化活动广场、健身器材等各类文化场所设施点燃了群众文化活动的热情，文化广场的清风亭、宣传栏和木刻字板，为大堡子增添了文化色彩。大堡子村还定期开展传统文化演出、国学讲堂等活动，丰富百姓业余文化生活。2016年7月，全市首家村级太极文化交流活动中心在大堡子村挂牌成立，自此，村民拥有了"太极会员"的第二身份。从前世到今生，大堡子从烽火狼烟走到生态宜居，从绿意盎然、流光溢彩的人居环境走到底蕴深厚、丰富多彩的文化氛围，大堡子村人的家园梦，从来没如此舒展、温润。

今生：生态宜居禅意悠长

大堡子村的今生如同一幅运笔自如、敷色饱满、内容丰富的画作。笔直的马路与生态边沟和谐映衬，文化广场、休闲凉亭与内涵丰富的文化墙相得益彰，白墙黛瓦的徽派建筑与挂满火红灯笼的竹篱院栅栏掩映成景，好一幅生态宜居动人的图景。这里，人与自然和谐共生，生态与文化相融，能生活在这样的环境里，幸甚，乐哉！

人居环境美丽宜居还不够，大堡子人还以美丽促提升，向美丽要效益，把美丽做成产业。与人居环境相得益彰的大堡子特色民宿就是美丽产生的最直接效益。大堡子的民宿以"禅修"为文化主题，以明清古典建筑为特色，打造水墨色调外观，室内以中式风格装修为主，营造出古朴、诗意的民宿氛围，聚乡音、留乡愁、醉风堂等特色民宿，均充满韵味和诗意。

在大堡子，第一个办民宿的不是大堡子村民，而是一个地道的城里人，名叫于然。她和她的醉风堂民宿成了大堡子第一个规模化、标准化、现代化民宿。走进醉风堂民宿，庭院内，粗犷厚重的酒缸开出粉白的莲花，细密轻巧的藤条交织成典雅的藤椅，古朴的桌上摆放一壶茶，茶香袅袅，禅意悠悠。醉风堂的主人于然原先在城里做酒店管理，三年前，她来到大堡子，经过环境、交通等综合考察，决定在大堡子发展民宿产业。在装修之初，她征求方方面面专业人士的意见。他们给出这样那样的建议，像经济实惠北方民居型、传统渔雁文化型、五星宾馆型等林林总总，于然经过综合考量，决定符合大堡子历史文化风貌，以中国传统文化"禅修"为主题，体现诗意与慢生活节奏，引导健康生活理念，建一座醉风堂民宿，即使没有客户入住，也给自己留一座栖身的后花园。做过酒店管理的于然把自己对美好生活的向往倾注在正施工的醉风堂民宿上，庭院里的每一株树，房间里的每一样装饰，甚至卫生间的每一样设备，于然都经过反复研究对比，精心设计。醉风堂一经装修完备，因与村子风格相得益彰，便成为大堡子的标志性民宿。来醉风堂民宿的客人一下子喜欢上了这里，就这样一传十，十传百，醉风堂顾客盈门，生意兴隆。于然把城里的产业相继转到大堡子，并把全家都迁到农村来住。如今，已经成为新村民的于然和邻居相处融洽，每日打理民宿，研磨时光，过上向往已久的慢生活。

我问她："你还想不想回城里？"

她笑着答道："就是城里给我个别墅，我都不回去。"

因为于然的示范带动作用，很多村民也纷纷利用自家庭院办起农家乐，有的村民利用自家大棚办起采摘节，大堡子村顺应村民热情，及时整合全村资源，成立乾农休闲度假园。以乾农公司为龙头、以公司为主体运作的民宿建设体系，与18户居民签订了民宿租用协议，将居民住宅托管给企业进行整体经营，按照"前厂后店"的运营模式，逐步实现村屯全域民宿模式。然后，依托企业认养基地总部，规划建设集生态农业观光、养生保健、民宿旅游、非遗体验等于一体，打造多品类的综合生态农庄。加速了农业机械化的引进和推广，增加了农民收入，提高了农民素质；积极创新模式开展的多种创业就业培训班，帮助了农村剩余劳动力与用工市场有效对接；千亩棚菜

大堡子民宿

区、蟹田观光园、垂钓区和认养农业的标准化统一管理，形成规模效应，增加了市场竞争力；品之香度假村、乌苏里江渔村项目，增加了农趣、农乐吸引力；全力在建的华润雪花啤酒文化产业园，即将实现大堡子村环境向内涵丰富和产业丰富的又一转变。一串产业新村中跃动的音符，奏响了产业发展与现代化经营完美融合的新篇章。

告别于然，驱车返回城里，夜幕下的大堡子灯光璀璨，和白天有不一样的意境。醉风堂门口高挂的大红灯笼像夜空中眨着眼睛的星星，这样的大堡子更具禅意与清幽之感。

大堡子村的今生，不仅有美丽的外表，还注重文化底蕴的挖掘，以历史文化和民俗文化为依托，让乡村记忆沉淀在自然生态中，把村庄打造成了具有浓郁文化气息的宜居家园，发展势头强劲、实力稳步提升、弘扬文明风尚、民生持续改善的大堡子村的美好画卷将渐次呈现在世人面前！

繁花四　诗意栖居的北窑

德国19世纪浪漫派诗人荷尔德林有一首著名的诗《人，诗意地栖居》，后经海德格尔的哲学阐发为"诗意地栖居在大地上"，几乎成为所有人的共同向往。荷尔德林这个当时贫病交加而又居无定所的诗人，以敏锐的直觉，唤起人们对诗意生活的憧憬与追求。我们知道，诗意与栖居历来格格不入，我们的栖居因为生活中柴米油盐的浸泡而变味，也因为劳作困顿而消沉，更因为趋功逐利而不得安宁，因娱乐和消遣而迷惘，诗意地栖居在任何时间、任何地点都成为一种奢求，更何况是在曾寸草不生的北窑？偏偏就是北窑长成了诗意栖居的现实模样。

走进北窑，风带着稻香过滤后的清醇，柔柔地轻抚着北方民居的黛瓦青砖，雨后的北窑清新得如滴着露珠的荷瓣，俏立在盛夏的风中。街路两边的红果树结着青涩的果子，刚刚秀出穗的稻子挺直秀丽的身段，吸收着雨露阳光。沿着唐家镇设施农业一条街，走过大唐骊珠葡萄种植基地、大唐果府火龙果种植基地、盛唐紫都碱地柿子生产基地、幸福道有机水稻基地等，看紫硕晶莹的大唐骊珠葡萄、经太空搭载繁育的"太空柿子"、大唐果府的火龙果等，然后，再沿着栈桥走过有机稻基地，看稻花惊艳地掠过，薄烟一样洇染开来，融汇在北窑的空气中。

美丽北窑之李佐军和北窑新型农村社区

北窑的前生是退海之后的一片盐碱和淤泥，据老人讲，那里曾经寸草不生，满目荒芜。就是这样的艰难困苦中，偏有一群倔强的人不畏贫瘠，扎根在这里。他们盖土房，打土坯，砌瓦窑，和盆泥，用泥瓦盆窑的篝火照亮了这片土地。因与南窑相比，其位置在北，人们称这里为北窑。

过去的北窑和诗意完全不沾边，走的是泥土路，住的是小平房，吃的是坑塘水，垃圾把边沟都埋住了，人走在坑坑洼洼的土路上，晴天一身土，雨天一身泥，连送孩子上学都得穿着雨靴子。这还不是最主要的，最主要的是除了水稻生产，农民没有别的来钱道儿，当初的泥瓦盆生意，早被更便捷的塑料、陶瓷所取代，北窑除了零零散散的种植养殖业，没有支柱产业，人均收入低，人们精神萎靡，连走路都溜边儿，没有底气。

党的十八大提出建设美丽中国的执政理念如缕缕春风吹进北窑人的心，他们看到了诗意栖居的希望。提起北窑的整治规划不能不提一位专家，即国务院发展研究中心资源与环境政策研究所副所长李佐军。李佐军应朋友之邀来到北窑，他带领村镇干部反复调研论证，本着因地制宜的原则，提出整治规划建设性意见。李佐军耐心细致地给大家讲解，他的话打开了村镇

美丽的北窑村

干部的思路，他们尝试着用生态文明的新理念改变家乡面貌。没做过，没经验，就边干边学；没见过，不会干，就外出学习考察，吸纳南方美丽乡村建设先进经验，回过头来再对比分析。他们结合北窑实际，最终选定了学习四川彭州模式，整体改造北窑村。在学习彭州模式的同时，充分考虑北窑因素。北窑村生态资源良好，单元相对独立，村子整体规划比较清晰，扒建改建难度相对较小。镇村干部坚持一切从实际出发，处处为群众着想，宜聚则聚、宜散则散的原则，探索出一套城乡一体化新模式——"北窑新型农村生态社区"。

北窑村是典型的北方民居，屋顶破败，环境脏乱，这次整治不是只对卫生环境进行整治，而是对全村屋顶统一规划，铺设了整齐美观的琉璃瓦，设置景观栅栏，修建黑色村屯环路、通行桥、入户桥，硬化了路肩，修建了沟渠生态护坡，绘制四季养生主题文化墙。在清理出来的空地上，栽植薰衣草、矢车菊、美人蕉等数十种花卉，培育中草药绿化美化环境，在主街主路栽植大山楂树、水蜡球、地槿等，利用水葫芦、黄花鸢尾、芦苇、蒲草等水生植物绿化美化坑塘，净化水质。同时，实施雨污分离，污水整治，普及环保无公害厕所，仅仅经过一年多的时间，一个粉墙黛瓦、花红柳绿、古朴典雅、生态宜居的新型农村社区初露端倪。

从一片荒芜到诗意栖居的现实模样，北窑人走过了太多坎坷，历经了太多艰难。北窑人在全市范围的美丽乡村建设中，率先抓住机遇，秉持生态、美丽、健康、幸福的理念，探索出一条符合镇情、村情和民情的城乡一体化新模式——"北窑新型农村社区"，在全市打造出一个诗意栖居的现实样板。2013 年，北窑被原农业部评为中国第一批"中国最美休闲乡村"。

实力北窑之崔雅兰和大唐骊珠农业观光园区

北窑的诗意栖居有诗意的外表，更有现实的支撑。北窑一直有种植葡萄的传统，独特的盐碱地土壤，使这个地方的葡萄甜美、多汁，非常好吃，但由于是一家一户的传统小农经营，种植规模小，销售方式单一，造成了北窑葡萄空有美誉，销售渠道打不开，产品价格也上不去的困境。村民忙乎了一年，钱袋子依然瘪瘪的。面对这种困境，镇、村决定整合资源，推动当地葡萄种植规模化，用现实示范作用引导农民走规模化、集

葡萄采摘

约化经营道路。在这里，不能不提的人就是崔雅兰。2011年，村里找到崔雅兰，跟她推介镇里土地流转政策和项目，鼓励她扩大葡萄种植规模，为村民种植葡萄做个示范引领。村干部的举动正合崔雅兰的心思。崔雅兰养过猪，种过葡萄，她一直想用双手改变北窑葡萄不成格局、一盘散沙的现状，可一直不能如愿。村干部找到她，鼓励她做这个吃螃蟹的人，敢想敢干的崔雅兰毫不犹豫地答应下来。从那一刻起，崔雅兰就忙得像一只陀螺。她拿出多年积蓄，并掏空父母的"棺材本儿"，利用镇里土地流转政策，做通了几家老乡的工作，建起了现代化温室大棚。有了地和设施，可没技术，惯常做些小打小闹种养业的崔雅兰下定决心，这回一定找个技术上的明白人做指导。她跑到北京，打听到中国农学会葡萄分会秘书长田淑芬的家。人家工作忙，没时间见她，她就守在门口等田秘书长。大冷的天，一等就是几小时。等田秘书长回家，见到一脸风霜的崔雅兰时，同样是女人，心性相通，田秘书长被她的诚心深深地打动了。田淑芬把崔雅兰让进了家门，崔雅兰冻得嘴都说不出话来，喝了两杯开水才暖过来。田秘书长认真听了她的打算，点头同意做她的技术顾问，对她的葡萄种植长期进行技术指导。有了田秘书长的指导，崔雅兰的种植技术有了长足长进。她看到紫水晶一样的葡萄挂在枝头上，连睡觉都要笑醒了。

技术问题解决了，崔雅兰还不满足，她要学最先进的管理经验。为了学习同行的先进管理经营经验，她北京、沈阳、大连等城市更是跑了不知道多少趟。参观考察交流观摩，学得一身好本领。天道酬勤，崔雅兰的努力得到丰厚的回报。她的葡萄获得大丰收，她的葡萄汁多，味甜，个大，皮薄，一经上市大获好评。崔雅兰并不满足这样小成功，她要把北窑葡萄推介到全国。2012年，崔雅兰带着她的葡萄进了北京，走进党的十八大代表驻地，向代表们推介北窑葡萄。"唐家北窑葡萄走进十八大"新闻先后被人民网、中国共产党新闻网、辽宁电视台等媒体报道。北窑葡萄声名鹊起，借着这个热乎劲儿，2013年9月中国农学会葡萄分会秘书长田淑芬来北窑参加"盘锦唐家第一届葡萄文化旅游节"并授予北窑"中国优质生态葡萄示范基地"称号。北窑葡萄供不应求，价格也从每公斤6元上涨到每公斤30元，很快销售一空。崔雅兰适时上了碱地柿子等品种，也供不应求，远销沈阳、大连、北京等城市。有现代管理意识的崔雅兰注册了"大唐北窑"葡萄商标，让她的葡萄打出品牌。

为实现从单一葡萄生产向发展观光休闲农业的华丽转身，2014年，她又注册成立了盘锦骊珠旅游有限公司，采用"公司+专业合作社+农户"的经营模式，发展观光休闲农业，建成了5000平方米的连栋大棚，以及3000余平方米的农产品冷链物流项目，高标准地建设了集垂钓、观赏、采摘、旅游于一体的大唐骊珠农业观光园区。目前，园区已实现"五区一馆"，"五区"是指休闲区、采摘区、垂钓区、田园风光区、餐饮区，"一馆"是指农产品体验馆，年接待游客20万人次以上。

走进大唐骊珠园区，首先展现眼前的是观赏休息长廊，让游客赏心悦目，内设供游客观赏、休息、拍照的设施。进入采摘区，首先映入眼帘的是一串串诱人的葡萄，有巨峰、香悦、小蜜蜂等十多个品种，可满足游客多样化的口味需要，使游客尽情享受采摘带来的乐趣。园区内的温室大棚四季咸宜，棚内种植葡萄、草莓等，让游人在寒冷的冬季也能享受到采摘的乐趣。在这里，游客可以远离城市的喧嚣与烦恼，尽情享受乡村的宁静和美丽，使人流连忘返。

崔雅兰的大唐骊珠园区成为乡村游争相参观的香饽饽，崔雅兰也成为远近闻名的女致富能手。但崔雅兰并不满足，她要带着全村人走向效益型农业发展的新路子。崔雅兰在实践中深深体会到，单纯种植葡萄经济附加值太低，必须将目光瞄向观光休闲农业，她成立了葡萄种植专业合作社，发展观光休闲农业。观光休闲农业是个新事物，必须从头学起，所以她想起了举办专家讲座。崔雅兰邀请中国农学会葡萄分会秘书长田淑芬、中国农业科学院果树研究所研究中心主任王海波等专家来授课，虽然是免费讲座，但由于农民观念传统，一开始并没有多少人来听课。"种地都种一辈子了，哪能和旅游沾上边？"很多村民都不理解。为此，她挨家挨户到老乡家里请人来听课，为了吸引人来听课，她中午还要管饭。慢慢地，村民思想转变了，跟着崔雅兰一起干。村东头老董家原来有两亩葡萄园，但由于经营不善，一直卖不上价，挣不到钱。老董打起了退堂鼓，想把葡萄园拆掉，改种水稻。崔雅兰知道后，主动找到他，向他介绍适宜盐碱地的葡萄新品种"辽丰"，这个品种产量高，味道好，价格自然也就高。她还将自己的采购商介绍给老董，极大增强了老董种植葡萄的信心。现在，老董家的葡萄园非但没有拆掉，还扩大到十多亩。

在崔雅兰的带动下，北窑村的葡萄种植户已达100多户，种植面积突破了1000亩，葡萄售价从以前的不到10元一公斤，提

采摘

高到32元一公斤，村民收入大幅增加。

"带着老乡奔小康"的崔雅兰，在2012年10月被评为"辽宁省农村青年致富带头人"，2015年1月，更是被原农业部、共青团中央评为第九届"全国农村青年致富带头人"。

现如今，北窑除了大唐骊珠葡萄种植基地，还有大唐果府火龙果种植基地、盛唐紫都碱地柿子生产基地、幸福道有机水稻基地等，并依托这些产业基地，积极发展旅游产业，带动餐饮和民宿发展，走农旅融合发展之路。所以说，诗意栖居的北窑不仅有诗意外表，还是具有浑厚内力的实力北窑。如今内外兼修的北窑，不可阻挡地走向幸福北窑。

幸福北窑之刘启新和农民文体协会

幸福北窑不仅仅是舒适宜居环境的改善，特色产业的支撑，还要有长效机制的保障，更要有基层党组织发挥引导作用。为此，村"两委"班子研究制定了"美丽乡村"建设管理办法和村规民约。建立了日检查、周通报、月处理的监督检查通报机制。唐家镇借鉴新加坡的议员接待日模式，创建第一书记接待日制度，由班子成员担任村第一书记，每周三入村接待解决群众诉求，当天受理，当天转办，一周回复。通过干部包户、建立环保队伍、完善村规民约、机关干部下村屯义务劳动等综合性措施，有效提高了生活设施和公共服务城镇化水平。

村里新建了便民服务大厅、老年活动中心、健康主题文化广场，方便群众办事、开展文体活动、普及健康文化知识。说到文体活动，我们不能不提刘启新和他的农民文体协会。刘启新退休前是市教育局干部，典型的城里人。他的老家在北窑，就像他的根在北窑一样。北窑美丽乡村建设变了样，刘启新高兴得直拍手，他卖掉城里的房子，举家搬回北窑，成为北窑村编外干部。他利用教育局工作资源，组建北窑文体协会，开展丰富多彩的文体活动，引导村民主动追求健康、文明的生活方式，从根本上提高村民的文明程度和城镇化水平。他连续举办大篷车送文化、扶贫帮困篝火晚会、小年传递价值观等系列活动，用自己的工资买奖品、照相，并把照片洗出来，贴在阅报栏上。刘启新用丰富多彩的文体活动，展现北窑人民热爱生活、团结互助、向上向善的精神风貌。刘启新自己作词，请人谱曲，用北窑的窑盆奏响的《北窑之歌》，最能代表北窑人的心声。每次举办文体活动，压轴的节目都是村民齐唱《北窑之歌》，唱出了气势，唱出了北窑人的精神风貌。

现如今，北窑的名字仍带着前世的印记。据刘启新介绍，北窑的前世一片荒芜，现如今党领导下的北窑土地格外肥美，北窑的葡萄、碱地柿子口感特别好，就连北窑的水稻产量都比别的地儿高。我想，这是不是北窑人立足贫瘠，持心坚定，不断挥洒心血和汗水的丰硕回馈呢？

2018年，北窑再次大胆探索，与辽宁出版集团、北旅集团深度合作，打造中国·北窑"作家田园小镇"，把文艺符号鲜明地打在北窑的土地上。目前，北窑"作家田园小镇"已装饰一新，开门迎客，省内外知名作家纷纷入驻，体验不一样的诗意栖居。

　　从北窑出来，天空飘着丝丝细雨，北窑像笼罩在雾蒙蒙的仙境之中。人生自有诗意，在北窑这样曾经寸草不生的蛮荒之地都能种出诗意来，我们离诗意栖居还远吗？

繁花五 河海之间的锦绣诗行

　　站在辽河口，深吸一口海风送过来的泛着滩海气息的清新空气，让你饱受凡俗袭扰的心灵恢复宁静；闭上眼睛，倾听鸥鸟和鸣的天籁，让杂乱放置的头脑空置重启。眼前徐徐展开一幅彩绘点染的锦绣画卷，随着你的脚步缓慢延展。交错的红滩、绿苇，簇拥着野草、森林梯次展开，盛放的向日葵、层叠的野花、粉白相间的睡莲，如画卷的点睛之笔，让这幅锦绣画

红海滩国家风景区稻画

辽河口湿地

卷更富美感。

　　沿着绿色滨水生态带，掉转视线，一座轻轻放在湿地中的水城渐次展开，海天一色，鸥鸟翻飞；油井林立，繁花处处；水绕城中，城在水中；亭台错落，高低有致；云路交错，拱桥若虹，宛若仙人挥动如椽巨笔浓墨点染的风景画。

　　河海之间，自然生态景观与人文城市和谐共生的锦绣画卷，这是盘锦人落实"两山论"，因地制宜，在保一方水土和富一方百姓结合点上，巧打"湿地个性"和"生态内涵"牌，用永续发展理念织就的五色彩锦。

留一片对话未来的生态密码

　　辽河入海口因河海恩泽，喜湿的翅碱蓬、芦苇、蒲草疯长，红的翅碱蓬、绿的芦苇荡延伸到天际。这片红滩绿苇是辽河口人的生命底色，更是辽河口人对话未来的生态密码。

盘锦不仅拥河傍海、水网密布、河沟岗汊纵横，且拥有湿地面积30多万公顷，是驰名中外的湿地之都，被誉为"地球之肾"。水是盘锦的灵性，盘锦是水的承载。水在城中，人在水上，水韵悠悠，诗意绵长。

百万亩芦苇荡，人称禾草森林。纵横交错的环沟、茂密的芦苇，构成辽阔、幽深、曲折多种形态的水面和陆上芦苇空间。在这里，水的"柔、轻、灵"等特性得以淋漓尽致地表现。这水，润物无声。这水，润心无形。这水，优美、轻快、流畅、柔和、美妙、动听、和谐、婉转、轻扬……你若泛舟苇海，就如进入曲径通幽的水上迷宫，绵密的芦苇，把空气过滤得纤尘不染，闭上眼睛深做几次呼吸，心肺立刻被苇香洗得透亮。

百余里红海滩被誉为天下奇观。奔涌而来的辽河、大辽河、大凌河，带着丰富的矿物质在此与海交汇，经过亿年的冲刷与积淀，形成了这块咸淡相融的滨海湿地。一棵棵纤弱的碱蓬草靠着顽强的生命力繁衍生长着。每当潮水退去，簇簇碱蓬犹如出水珊瑚，宛若天然红毯，又似片片红霞，加之如滩地血脉的条条潮沟与苇洲碧涛遥相呼应，织就一幅生机盎然、雄奇浩瀚的自然画卷。

百万亩稻田，如织如绣。盛夏绿如茵，深秋黄如金，棋盘似的田野星罗棋布，滚滚稻浪经纬均匀。依靠辽河之水灌溉百万亩蟹田，嫩玉饱满，红脂飘香。有一位诗人曾这样描述："轻轻流淌着，那是一种多么清脆悦耳的声音。细流弯弯，绕过绿树则更清，流经鲜花则愈香。水声悠悠，缠缠绵绵，清清脆脆，余味无穷。灵动的音符引得鱼儿欢腾雀跃，鸟兽虫鸣与这磬音应和着，混合成了美妙的交响乐，将梦中的故事娓娓道来。"

从海往陆地数，依次是翅碱蓬、芦苇荡、野草和森林，之后连接的是稻田、油田和城市。辽河口芦森堡野奢庄园，把芦苇、森林、野草作为主题，内有300亩向日葵和原生态娱乐设施，让看惯钢筋水泥的都市人耳目一新，一头栽进绿色的海洋。而绿野仙踪以蘑法森林、绿色长廊为背景，突出绿与野的生态概念，让人摒弃凡俗，体验度假休闲的魅力。辽河口自然保护区以湿地为核心，突出"原生态"和"封禁"的魅力，实施"限流发展""预约准入"，推进"高端原生态度假地"建

秋收

设。科普研学游把辽河口湿地环境作为天然大课堂，打造体验、教学、参与、互动为一体的国家级生态思想实践基地和生态教育实习基地。综合利用"六田"资源，升级美丽乡村，打造田园综合集群体。巧思慧想，多措并举，用切实手段做大红海滩，唱响芦苇荡。

一路行走，一路体验，一路听乡镇干部介绍情况。听他们条理清晰、纲目兼具地诉说，让我对他们的工作有了深层次的了解。在新时代大米生产基地、苇小宝养殖基地、红树莓种植产业基地、番茄王国项目、蓝莓庄园项目、辽河口渔家菜生产基地等项目实地考察，深切感受到生态保护和经济发展的统筹推进，盘锦人顺应村庄发展规律和演变趋势，根据发展现状、区位条件、资源禀赋等，按照集聚提升、城郊融合、特色保护的思路，分类推进乡村振兴。

"生态保护作为第一要务"，立足现实之根，展开理想之翼，在"生态保护"与"经济发展"的结合点上，精描细画，让红滩绿苇的生态名片效应进一步扩大。以规模化、专业化为重点，引导现代精品特色农业、度假经济、全域旅游、互联网+农业等新兴产业发展，促进小农户生产和现代农业发展有机衔接。综合利用"六田"资源，把流转过来的土地实施集约化生产、规模化经营，打造现代农业展示观光园，实现传统农业向众人拾柴和抱团取暖的现代农业过渡。

回望辽河口，油田、稻田、苇田与现代城市这么和谐地交织在一起，城市和红、蓝、绿、黑、黄五色锦缎的连接处，由一个个花团锦簇的村庄巧妙地缝合在一起。一座轻轻放在湿地

美丽的丹顶鹤

中的城市，放得那样轻，那样细致妥帖，生怕惊扰这片湿地上的其他生灵。

辽河口是盘锦面向未来的生态战略空间，这片空间被一群讲政治、懂农村、爱农业、爱农民的基层干部细细地打理着。他们如织锦工匠，在这片五色锦缎上精准操作。我行进在五色锦缎之上，内心慨叹，织出这繁花遍地的不是天上的织女，而是农村一个个惯于逢山开路的糙汉子。这群糙汉子立足现实，展开理想之翼，用"樵夫"和"工匠"精神，给辽河口这片五色锦添上新的静美花朵。

谱一曲向海发展的华美乐章

沿着绿色滨海生态带，穿过一个个繁花似锦的村庄，河海之间，荒滩之上，强势崛起一座仙境般的辽东湾水城。

这里曾经是一片盐碱荒滩，沟壑纵横，积水遍地；这里曾是浅海荒漠，芦荡深深，人烟稀少。面对前所未有的挑战，盘锦市顶层决策者审时度势，以向海而生的新维度，依托环渤海经济圈的沿海区位优势，大力谋划和发展独具盘锦特色的沿海产业经济带。也可以这样说，东北大振兴、沿海大开放的号角唤醒了沉睡中的荒滩芦荡；盘锦人以向海而生的大无畏精神、战地斗天的壮举为荒滩芦荡注入新的生机。伴随着全球化和区域经济一体化浪潮，伴随着振兴东北老工业基地、辽宁沿海经济带、辽宁省综合改革试验区、盘锦市资源型城市转型的战略发展，盘锦辽东湾新区如一艘巨轮，辉映着耀眼的世纪之光，奔向大海，唱响滨海新盘锦嘹亮的乐章。

盘锦辽东湾新区位于盘锦市最南端，辽东湾东北部，大辽

二界沟港湾

河入海口右岸，南与东北第二大港口城市营口市隔河相望，地处辽宁三大经济板块节点，是辽宁沿海经济带主轴和渤海翼的重要连接区。新区交通四通八达，紧邻营口、锦州两座机场，沈大、京沈、盘海营三条高速公路，沟海、秦沈两条电气化铁路贯穿全境，一小时交通圈可达6座城市，覆盖人口2000多万，乘坐高铁两小时可抵北京。

如果把新区看作一个支点，她不仅撬动了盘锦的空间布局、产业形态和城市走向，而且改变了盘锦甚至东北的对外开放格局。从这个意义上说，新区的发展对盘锦、辽宁的影响，如同当年深圳之于广东，浦东之于上海、长三角，天津之于环渤海地区，有改变发展大格局的意义和作用。正如《辽东湾新区发展规划纲要》所说，开发建设新区，对于引领盘锦向海发展、全面转型、以港强市，促进辽宁沿海经济带开发开放和东北老工业基地全面振兴，探索城市发展新路径，都具有十分重要的意义。

辽东湾新区围绕落实供给侧结构性改革，通过积极融入"一带一路"建设、京津冀协同发展、长江经济带、东北老工业基地新一轮振兴重大战略，立足于东北蒙东及东北亚地区开放互动，充分发挥盘锦辽东湾新区业已形成的国家级经济技术开发区、一类口岸、国家新型工业化示范基地等平台优势和港产城基础条件，有序释放联结内外、通达各方的港口铁路公路集疏运网络优势，抢先优化生产力布局，探索产业链条延伸，提升产业丰厚度，推动产业迈向中高端水平。现已初步形成以石化及精细化工、特色装备制造两大产业为主导，以临港物流业为支撑，以高新技术产业和现代服务业为补充的产业发展格局。

"一带"，就是大辽河入海口及海滨沿线绿色滨水生态带。主要依托大辽河及滨海的自然风光，建设滨水公园和湿地公园，形成新区的外围自然生态防护屏障。

"两轴"，一个是沿滨海大道东西向展开的城市发展轴，这一轴线贯穿辽东湾新区的城市核心区、盘锦港和临港产业区。另一个是经济发展轴，主要是沿中华路南北向延伸，是盘锦港及临港产业区物流贸易的发展轴线。

"三区"，就是港口区、临港产业区及辽滨水城。新区在充分借鉴世界众多沿海城市发展经验基础上，正坚定不移地按照港产城联动的"三位一体"发展模式，推进新区的开发建设。目前，新区港产城形象已基本树立。

辽东湾新区始建于2005年12月。2006年6月纳入辽宁省沿海重点发展区域。2009年7月随着辽宁沿海经济带开发建设上升为国家战略，新区建设不断加快，规划面积由最初的10平方公里扩增到306平方公里，形成港区、产业区、水城三大功能板块。2010年10月被省政府确立为辽宁省综合改革试验区，2012年1月按照省政府批复更名为辽东湾新区，同年2月被工信部批准为国家级新型工业化产业示范基地。2013年1月晋升为国家级经济技术开发区。

规划先行，逐级扩容。从最初的起步区10平方公里到110平方公里一路调整为306平方公里，达到目前可控制面积545平方公里，与之相适应的战略性总体规划修编工作也已取得初步成果，以世界级、国际化的标准高起点规划布局。2013年3月，根据市政府行政区划调整意见，田庄台镇划归新区管理，面积又增加了39平方公里。

当承载着全市人民的梦幻水城宣布成立的那一刻，注定一座"不平凡"的新城将拔地而起，奋勇前行。十几天，总长31.5公里的9条公路路基工程全部完成、3个投资额在3亿元以上的大项目洽谈成功；辽宁宏冠船业有限公司实现了中型现代化造船企业当年规划，当年建设，当年投产，创造出仅用500天时间生产出1.68万吨成品油轮的奇迹！

基础设施建设有序推进，辽东湾水城围海大堤顺利合龙，创造了国内同类单体工程纪录；20平方公里的水城吹填造地工程已经完成，陆域框架已基本形成；包括通给水、通排水、通电、通信、通路、通燃气、通热力以及场地平整在内的"七通一平"工程顺利实施。产业园区建设步伐加快，宝来石化、振奥化工等多户企业投产运行。以海洋装备和船舶制造业为先导、石油装备制造业为基础、石油化工业为支柱、新兴产业为拓展、现代服务业（含港口物流业）为支撑的现代产业体系逐步形成。与此同时，向海大道胜利通车，辽河大桥顺利贯通，盘锦新港快速通航，疏港铁路紧锣密鼓地建设……一个以港口为纽带，以铁路海运为主通道，以公路为网络的综合运输体系在这里加速勾勒。

2006年5月11日，时任辽宁省委书记、省人大常委会主任李克强来到辽东湾新区，看到一片片荒滩上那一座座新建的厂房，发出了"出乎意料、超乎想象"的赞叹！

辽河入海口

　　这里的时间是以时计、以秒计的，这里的纪录是以天计来刷新的。2010年11月23日，领军世界石化产业的台湾长春企业集团入驻盘锦辽滨沿海经济区；12月18日，经济区又与极具实力的美国空气化工产品（中国）投资有限公司签约。2011年1月23日，志高集团投资百亿签约辽东湾。2012年4月8日，合力工业车辆（盘锦）有限公司北方基地建设项目正式开工；7月28日，盘锦市人民政府与大连理工大学合作办学在辽东湾正式签约。2013年10月8日，曙光信息产业股份有限公司在新区投资建设的曙光辽宁产业基地正式落成；12月29日，中国医科大学附属盛京医院辽东湾分院正式开诊。

　　2013年5月，市委六届五次全会审议通过的《辽东湾新区发展规划纲要（2013-2020）》指出，新区将围绕向海发展、全面转型、以港强市这条主线，坚持规划引领、有序推进，保护环境、绿色发展，改革开放、锐意创新，改善民生、和谐幸福的原则，紧紧抓住世界经济深度调整、我国经济转型发展、扩大东北亚合作、深入推进东北振兴等机遇，逐步把新区打造成为中国北方宜居宜游新港城，建设成为辽宁沿海绿色产业新基地，构筑成为东北地区对外开放新平台，树立成为全国新区改革创新新典范。

一个梦想，从河海间走来，闪耀着向海而生的新曙光；一种精神，在鹤乡人心底凝聚，激荡起不断前行的力量；一个个项目，如粒粒珍珠散落在辽东湾畔，映照得河海之间熠熠生辉。

俗话说，栽下梧桐树，引来金凤凰。新区凝聚全市力量，持之以恒地向上争、对外招、拼命干，以调整优化经济结构、建立新型产业体系作为发展主线，以引进高端产业项目，促进产业集群发展，提升产业丰厚度和关联度为产业发展路径，建立起以"产业园区+龙头企业"为主导的产业发展模式，由东到西进行产业布局，雄心勃勃地打造全市产业高地。截至2014年年底，新区累计引进亿元以上项目98个，已形成以石化及精细化工、海洋工程装备制造两大产业为主导，以临港物流业为支撑，以高新技术产业和现代服务业为补充的产业发展格局。

每一个大项目，就如一粒种子播种在辽东湾畔，经过细心呵护，长出浓浓绿荫，进而结出丰硕的果实。让我们细细数一数这些全市人民心血凝结的果实。怎奈如数家珍般的盘点，数不尽河海之间珍珠般闪烁的项目链，只好挂一漏万，做简要列举——

石化及精细化工产业：兵器集团精细化工及原料工程项目、盘锦和运新材料有限公司、盘锦北方沥青燃料有限公司、台湾长春企业集团盘锦化工基地项目、台湾联成公司盘锦化学化工及仓储物流基地项目、盘锦瑞德化工有限公司焦化芳烃精细加工产业项目、天时集团能源有限公司月东油田项目。

海洋工程装备制造产业：渤海装备辽河重工有限公司、合力工业车辆（盘锦）有限公司、忠旺铝挤压型材项目。

临港物流产业：沈铁辽东湾物流基地项目、盘锦集装箱物流园项目、益海嘉里集团仓储物流及粮油深加工项目、中储粮东北综合产业基地项目、北大荒盘锦粮食物流基地项目。

高新技术产业：曙光辽宁产业基地项目、申安高亮度LED生产基地项目、盘锦西美澌科技有限公司大工工程机械安检设备成果转化项目、盘锦盘达海装科技公司海洋工程装备产学研基地项目、北京启迪创业孵化器有限公司科技孵化器项目。

现代服务业：盘锦江南风情园发展有限公司、金帛海岸项目、辽宁中润城乡建设投资有限公司二界沟渔雁小镇项目、辽滨柏栎饭店、清正园小区项目、尚水湾小区项目、水韵澜庭小区项目、盘锦市民服务中心项目、新区文化中心项目、新区商务中心项目。

每个项目如闪光的珠贝，千百个项目汇聚成闪光的珍珠海洋，把这些珠子穿成项链悬挂在辽东湾畔，作为鹤乡儿女献给祖国母亲的一份礼物。

一粒粒梦想的种子生根发芽，一个个追梦逐梦的故事无比生动，一份份获得感、幸福感、自豪感那样触手可及。

辽东湾新区规划出了129平方公里的产业区，在产业区里划

116

分出海工装备制造产业、石化及精细化工产业、临港产业等多个特色鲜明的产业园。每个产业园独立成块又互相促进推动。一批重大项目如同粒粒珍珠镶嵌在蜿蜒的海岸线上，主导产业"多轮驱动"，石化及精细化工、海洋工程与装备制造两大产业集群加速形成跨越式发展。

能挥动如橼巨笔的决策者必定高屋建瓴，敢绘就美丽辽东湾的建设者必定胸有丘壑。

辽东湾新区自成立那天起，就在全球一体化的大视角中摆布实施各个项目。新理念、新思想不断完善，新战略、新举措落地生根。如针对新区重点项目，大力实施企业帮扶专项行动，制定了《2016年辽东湾新区企业运行及项目建设专项行动实施方案》。由新区管委会领导班子成员作为专项行动责任人，新区各内设机构作为具体责任部门，各责任部门一把手为专项行动第一责任人，负责为企业提供全方位服务。要求责任部门坚持深入企业，及时掌握企业运行态势和项目建设进展情况，对企业遇到的各类困难和问题要第一时间协调解决，管委会层面无法解决的问题要及时向市政府或市直相关部门报告或沟通，推助企业尽快解决。企业帮扶专项行动的实施，有效缩短了企业困难的解决时间，使各项目建设得以顺利实施。

同时，积极学习复制上海自贸区创新经验，并结合新区实际，在投资管理、贸易便利化、金融领域、事中事后监管等方面提出了76条创新举措，并组建了行政审批局，统筹推进项目审批一条龙服务，构建一个横向到部门，纵向到社区的三级网上审批平台，创新采取"统一踏勘、多评合一、统一评审"新模式，探索建立"企业承诺、先批后审"的"容缺受理"模式，有效推进了新区的投资便利化和服务便利化，进一步完善了新区投资服务的软环境，提升了新区的综合竞争能力。

紧密围绕新区主导产业，依托新一轮东北老工业基地振兴、京津冀协同发展等多重国家政策叠加优势，按照"高新、集群、链条"的方向以及"大项目、小巨人和楼宇经济"的着力点，加大招商引资引智力度。紧盯兵器集团、中储粮、国储能源等重大项目，着力解决项目落地中的难题，确保早日开工。加大外资项目引进力度，重点跟进长春集团的二期扩建、中储粮北方粮食基地等项目的签约、开工工作。积极推进汇福粮油、渔雁小镇、忠旺铝材等一批重点项目按计划顺利实施。

在开发建设方面，充分发挥市场的决定性作用和更好地发挥政府作用，通过学习借鉴苏州、天津等地"政府+公司"的经验做法，积极搭建融资建设平台，更加灵活、方便、快捷地推进基础设施和公用设施建设，有效破解建设资金短缺等难题，为新区加速发展赢得了机遇，创造了条件。鑫诚公司，是辽东湾新区学习借鉴总结苏州、天津两地"政府+公司"的成功发展模式，结合新区发展实际，于2010年11月组建的国有独资企业。该公司注册资金7.6亿元，总资产92亿元；公司实行董事会领导下的总经理负责制，内设6个职能部门，下辖6家全资子公司，参股子公司1家（瑞德化工25%股份），现有员工121人，同时具备开发、建筑、绿化、市政、物业管理等五项资质。该公司组建以来，积极参与新区的基础设施、市政工程以及回迁楼建设等工程，在助推新区开发建设进程、确保国有资产保值增值等方面发挥了重要作用。

在机构设置方面，大力整合优化机构和职能，整体撤并职能相近机构，实现市直部门与新区机构职能的高度融合，不断提升行政效率。新区现有15个内设机构和4个产业园区。

在选人用人方面，坚持实行竞聘上岗制度，采用封存原始档案的方法，实行全员聘用、择优上岗。通过公开选拔方式，吸引33名博士和硕士研究生到新区创业，55名国内及一大批市直及县区优秀干部到新区任职。完善考评机制，推进干部年度考核和绩效考核挂钩，绩效考核结果按照一定权重折算纳入干部年度考核中。

在改革创新方面，认真学习上海自贸试验区和天津滨海新区等地经验，坚持以简政放权、放管结合的制度创新为核心，深化对投资管理制度、贸易监管制度、金融制度和事中事后管理制度改革，着力把新区打造成为辽宁沿海经济带开放最彻底、政策最透明、服务最高效的"自贸区"。新区已形成复制、创新建议88条。

千川汇海阔风好正扬帆。如今千帆竞过百舸争流的辽东湾已实现向海而生的新起航，正按照建设成世界一流、国内领先的现代化水城的目标，抢抓机遇，乘势而上，勇敢地肩负起盘锦实现向海发展、全面转型、以港强市的重任，在辽宁沿海经济带中续写无愧于时代、无愧于历史、无愧于人民的华彩乐章，实现再造一个盘锦市的光荣与梦想！

繁花六　解析村落密码

在辽河口，每个村落的草木、河流、田土、人家、房屋、街路、姓名、称谓，甚至掌故、逸事、传说等，都有一套仅限于本村人使用的独特暗语，如同一个个村落密码，在本村流行通用，出了这个村，如果不给解码，任何人都不会准确解读这套独特暗语。只有掌握这些暗语，才能在村里正常生活，才能在人生海海中迅速区分自己的族人。当我们离开这个村落，走入城市，这套村落密码成为游子心头永远的朱砂痣和明月光。

岁月沧桑走过，村落密码存活心间。这些密码指向明确，意思简单，却各有千秋。它们讲述着村庄的神秘传说，承载着乡间的淳朴真情，标志着村庄的地理物产，传递出乡亲们的智慧胸襟。

驾掌寺与大写的义字

当第一场冬雪铺上平展的田畴，驾掌寺的冬便如约而至了。踏着积雪，沿着笔直乡路的指引，小村如徐徐展开的水墨画轴，缓缓地向你展现古韵幽香的美。路边成行的景观树，叶片已经落尽，哪怕只有微风，单薄的树枝就抖得厉害，不时发出尖厉的呼啸，像被北风抽疼了发出的呻吟。曾经姹紫嫣红的花花草草，早已收敛颜色，只剩下光裸的身子，在风的引逗下，诉说着曾经的艳丽与喧闹。只有雪花懂得如今的树枝和花草最需要什么，一场纷飞的雪洒落之后，万千光秃秃、高高低低的枝杈一下子就丰满起来，枝杈上边是雪，雪没法把它们完全包裹，部分青黑的部分仍若隐若现，白与黑和谐地融为一体。一阵风过来，摇落的雪花落在脖颈上，一阵刺骨的冰凉让你瞬间提振精神。

渐渐地，村子的轮廓近了，在苍茫的天地间，白雪覆盖的房舍田宅如淡墨勾勒的一叶扁舟，稳稳地停靠在广袤的天地间，站在村口，四顾苍茫，蓦然产生独钓寒江的沧然与豪壮。在村口的位置，正好可以尽观整幅画卷。百十户人家的小村，

整齐地列成队列，一样的线条，和谐的配置，流畅的美感，连最有名的画家都描摹不出这样美的画面。画面上北方乡村特有的坐北朝南尖顶瓦房，勾勒出地域特色。村前小桥横卧，小河蜿蜒，院落围墙，入户桥涵，有序排列，美丽乡村的韵味在雪的帮助下，得到最佳发挥。村后沃野千里，直通天际，雪野与蓝天交汇在视野穷尽处，把这幅水墨画引入无穷的意境。小村的诗意画意，或许令你生出择此村终老的冲动。要知道，若想融入这幅画卷，还需详读这个村落密码，审慎做出抉择。驾掌寺村的密码索引是两个关键词，老驾掌和张作霖。老驾掌姓名不详，是一个急公好义的船老大。当地人把驾船的艄公美誉为驾掌。传说，明末清初的一个秋天，一场暴雨连降七天七夜，河水漫溢，房屋倒塌，一片汪洋。灾民流离失所，衣食无着，乃至饿殍遍地。一位须发皆白的船老大携子驾舟，循声救人，将灾民运至河沿唯一的高坡地，把这船人安置登陆，又驶向茫茫天外。从清晨划到深夜，又从深夜划到清晨，一连三日，当他把最后一个人救上岸时，自己竟累死在船头。水退之后，幸存者感其恩德，在高坡上为其立庙，因不知其姓名，取名为驾掌寺。众人在庙宇周围定居，晨昏祭拜，并相约效法老驾掌，终生行善，安贫度日。

潮涨潮汐，日月更替。渐渐地，在驾掌寺周围聚集起百十户人家的村子。该村人秉持老驾掌的善行义举，义字当头、抱团取暖、积德行善，日子过得平静安稳。驾掌寺周边地广人稀，人员集聚，日益昌盛，渐成人员稠密的大镇店，驾掌寺的精神随之深入人心。驾掌寺经历300多年的风风雨雨，多次重修、扩建、拆毁、并入等，驾掌寺仁义精神没有变，成为当地人的精神图腾。

驾掌寺与其说是座庙，不如说是现代版的"好人榜"，寄托乡民播种良善、传承文明的美好心愿，把这些美好心愿汇集起来，变成一座道德的丰碑。驾掌寺见证了一代代村民曾经再熟悉不过的传统生活图景，曾经的村民怎样与天地相处、与自然相处、与人相处，如今，驾掌寺虽然在形式上不在了，可老驾掌急人所难的凛然大义永存世间。这义字为先的精神经传承发展，渐成体系，如家国情怀、义气担当、融合大度、快意恩仇、一诺千金。仅仅一个姓氏、一个同乡、一段交流、一个故事就能义结金兰、肝胆相照、同生共死，一个承诺、一份浅交、一段情缘更能一生一世、不离不弃，甚至结成世代情缘。他们能够一言不合，拔刀相向，也能相逢一笑，恩怨尽解。这血与火、苦与累中结成的恩怨分明的性格，与战天斗地形成的冲天豪气，凝结在一起形成干脆利落的尚武豪侠精神。所谓瘠土之民，莫不向义。义气、仁义、情义、侠义、义薄云天成为当地最热的词。当地人把义字作为人生准则写在心灵的底板上。因义字激荡，当地人好习武使气。碰见兵荒马乱的年月，这股激荡的豪气促使他们敢于揭竿而起，义字当先，保卫乡里。民国时期，当地绺子多如牛毛，曾被称为"匪薮"。遇到国家危难，他们大多能转身抗日，把一个大写的义字写在这片土地上。

史书载，此地武将多于文官，仅史书载有名有姓的武将就有百十位之多。张作霖就出生在这片被义字浸染的土地上，他的传说被当地人绘声绘色地描述。有这样一个传说颇能说明他的义字精神。说张作霖的父亲张有财嗜赌成癖，终年混迹赌场，号称"张三爷"（因为他家哥四个，排行第三），是个"赌棍"。在赌场上赢就揣起来，输多了就不给，赌徒们背地里都称他为"张三儿"（驾掌寺人对狼的称呼）。在小马家房屯也有一个"赌棍"叫王太和。有一次，张有财与王太和赌钱，张有财输钱赖账，王太和不肯相让，两人就吵起来，张硬是不给，王感到跟张要不出钱来，有失自己的面子，于就想出个强打硬要的主意。王太和知道张有财回家必经小马家房屯西水沟转弯处，就求其弟王太利做帮手，拿着木棍躲在沟边树丛中，趁张无备穿出，截路，向他要钱，张有财平时在赌场耍硬充横习惯了，没把王家兄弟放在眼里，双方打斗一处，王家兄弟失手打死了张有财。后来，张作霖发迹，王太和后人心惊胆战，吓得东躲西藏不敢露面。张作霖托人带话安慰王家人，说："这都是过去的事了，两人打死仗，不是你死，就是我活，我张作霖绝不官报私仇！"张作霖说到做到，果真没碰王家一个手指头。

还有这样一个故事。说张作霖回乡祭祖时，遇见唐家铺说书的唐先生，他妹妹和张作霖两小无猜，但唐先生嫌张作霖穷，阻挠妹妹嫁给张作霖。张作霖见唐先生面露愧怍，就上前探问了唐先生及其妹妹的近况。唐先生直说，对不起。张作霖哈哈大笑，随后让唐先生说了《响马传》选段，还赏了唐先生一棵匣子洋钱。在驾掌寺，这样的故事不胜枚举，不只张作霖，普通人也做得到。作为张作霖的同乡，我也出生在这片被义字浸染的土地，自小听着狐仙鬼怪湿地传奇故事长大，信奉善有善报、恶有恶报、敬重天地、重信守诺、肝胆相照、两肋插刀、舍生取义、义字当先的侠义精神。在抗日义勇军抵抗侵略风起云涌之时，当地群众明里暗里掩护义勇军，芦苇荡、蒿草茂盛的地儿、柴火堆、水缸都是义勇军的藏身地。我的爷爷和他的两个同伴曾掩护过受伤的义勇军，把他们藏在茂盛的蒿草里骗过鬼子。我的舅奶，一个干瘪的老太太，也曾把义勇军藏在自家的柴火堆里，然后养好伤送走。这老太太同我爷爷一样，不识字，也没有受过什么信仰熏陶，凭的是骨子里的义气担当。现如今，驾掌寺，每个人的血液里都隐藏着义字基因，守望相助、一诺千金仍是当地人的铁律。

走进村里，雪仍不紧不慢地下着，微微地随风打着旋，漫无边际地飞舞，好像有充足的时间来演绎这场舞蹈。雪花饱满、晶莹、洁白，不疾不缓地落在地上，铺了厚厚一层，脚踩在雪上面，咯吱、咯吱作响，索性学着儿时的样子，重重地跺脚，放肆地打滚，肆意地踩踏，听它咯吱咯吱的音乐再度响起，宛如天籁。这里的雪不像城里的，刚落在地上，就被践踏成泥，污浊不堪，让你赏雪的心情刚刚生出，随即饱受摧残。在这里，你可以饱览雪花的莹白，可以自由地与它亲昵，也可以写几句歪诗抒怀，还可以走进一户人家，煮雪烹茶，愉悦身心。

小村的冬是静谧的，曾经凛冽的风经过雪的过滤，显得格外安静与清新。相比于春天的鲜活，夏天的泼辣，秋天的斑斓，冬是内敛的、恬静的。没有了花的喧嚷、虫的聒噪、雷的

125

轰鸣，这里的冬是单调的，甚至是枯燥的，就如水墨画中大片的留白，虽天高云阔，却又有独特的韵味在其中，这韵味就是水墨的灵魂。

经过修整的农家庭院整齐、沟渠蜿蜒、树木林立。前院植果树，后院围篱笆，从雪间缝隙漏下的阳光，斑驳地映照着庭院景物，露出的部分与覆盖的部分白黑相间，宛如神奇细腻的笔触，描摹着幸福人家的眉目。那横横竖竖的线条，粗细得当，虚实掩映。水墨水墨，水的半阕生命是墨的灵魂。携水墨意韵隽于纸上，留淡静闲雅于心间。

驾掌寺的冬是幅生动隽永的水墨画，驾掌寺与义字当头是这幅笔墨的灵魂，也是辽河口人长在血脉里的精神图腾。

三岔河与古城子

辽河以水为笔，陆地划作不规则的条块，像大地的叶脉，条条分明，根根相通，远远望去，像是水在大地上画出的一幅精美画卷。

这幅画卷的主笔是辽河，东辽河和西辽河汇合后，开始在下辽河平原忘情挥毫泼墨，行至辽宁省盘山县古城子镇与浑河、太子河相遇，形成大名鼎鼎的三岔河。三河交汇，成为当地交通枢纽和战略要地。相传唐贞观十九年（645），唐太宗亲统六军从洛阳出发东征高丽。行至三岔河，但见河宽水深，浊浪滔天，汹涌的大河拦住了去路。无桥无渡，数十万大军望河兴叹。唐王心急如焚，命先锋大刀王君可在三日之内务必找到渡河之策，否则问斩。王君可接下命令，紧锁愁眉，却苦思无计。王君可吃不香，睡不着，将至天明，才昏睡在军中大帐内。刚睡着，就见河神进帐，对他说："明日辰时，河中有渡桥，大军可过河。"并叮嘱过桥后切不可回头看。王君可惊醒，急令探马查看。第一批探马回报说未见桥，王君可很生气，立斩。第二批、第三批探马也未见桥均立斩。待到第四批探马去探时，天色已晚，探马心想，实报无桥是死，谎报有桥也是死，不如谎报。于是谎报有桥出现于河面。王君可报与唐王，李世民闻讯大喜，命大军紧急渡河。当唐兵行至渡口时，果然看见一座黑黝黝的桥。唐王急命连夜渡河，并命令只许前进不许回头看。大军抵达彼岸后，断后的王君可内心疑惑，黑黝黝的，到底是什么桥？他回头一看，原来这桥竟是由螃蟹堆聚纠缠而成！等他看清的一刹那，一声巨响，蟹桥塌陷，王君可连人带马掉入河中，被螃蟹啃食干净。相传，河蟹背上的硬壳，原本光滑无痕，被唐军的马蹄一踩，便留下了马蹄的印迹。如果把河蟹的胃翻过来仔细看，里面还有王君可的小小头像。我小时候顽皮，还多次翻找过王君可的形象。话说大刀王君可掉入三岔河，那把大刀横劈而下，成为分水剑，把河水清浊分开。到如今，三岔河水仍一半清一半浑，传说这是王君可的大刀落在这里的缘故。

美丽的民间传说当然无从考证，三岔河千年风涛却长留人心，可爱的盘山县人把这繁荣兴盛的古城称为古城子。三岔河与古城子紧紧相依，古城子承载三岔河千年风涛，三岔河流淌着古城子独特地名志。三岔河是幸运的，有古城子来承载它的欢乐与哀愁，可关于三岔河，我相信，只会有越来越少的人记住它的历史，直到有一天，湮灭在历史的风尘中。水，仿佛是另一种时间，把水下的一切变成历史。

营田公司与稻作文化

盘锦的稻作历史并不长，仅仅百余年，可盘锦人对于水稻的感情已深入骨髓。水稻对盘锦人而言已不仅仅是一种农作物，还成为盘锦人展现艺术灵思的特殊载体。一场一场人稻情缘的文化大戏轮番上演，四季不断，精彩生动。每场文化大戏的演出脚本都离不开营田公司和"稻作人家"。

盘锦地处下辽河平原湿地，既有平坦的地势又有充足的水源，十分适宜种植水稻，可盘锦稻作种植开始得比较晚，据《辽宁地域文化通览·盘锦卷》记载，民国十七年（1928）张学良的营田公司开大面积种植水稻的先河，并于接下来的20年间得到了延续，到新中国成立前夕，盘山农场已成为中国规模最大的农场，从而奠定了盘锦稻作事业的基础。新中国成立以后，盘锦大规模种植水稻，从此盘锦人的生产、生活与水稻息息相关。

盘锦人精心地侍弄着水稻，像守护着自己眼珠、血脉那样倾情。或是为了生命的存活与延续，或是践行自己的诺言与创造，或是体现生命意义价值，或是在它的身上守望着未来的憧憬和希望，第一粒稻种在那泛着碱花的滩地上破土而出，便预示了未来百年后的光明与辉煌。在各个历史时期，都可以听出盘锦人依傍稻作，连续奏出的一曲又一曲的华美乐章。如今我们可以近距离拥抱水稻，深情地守望它成长；我们还可以认养自己的稻田，一展自己的水稻情结。可当初那筚路蓝缕的苦楚，我们的祖辈、父辈替我们承受下来，"大干红五月，不插六月秧"是他们在实践中摸索出来的俗语，告诉我们北方稻作最不可以忘记和拖延的季候和时令；"水盐相伴、水盐相克、盐随水来，盐随水去，水随气散，气散盐存"，这些简易口诀是他们一次一次水里泥里，跌倒爬起的经验凝结，对于辽河平原克盐治碱获取水稻丰产具有极强的可操作性。

稻作文化烙印在盘锦人的世俗生活中，盘锦人在不同的特定环境下形成创造性地处理人与水稻的劳动经验、科学技术等物质生产的文化，也形成由稻作生产方式决定的消费方式带来的衣食住行等方面的生活文化，从而影响人们的心理活动、思维方式、道德观念、科学认知、艺术创作、情绪感觉，形成了产生独具特色的盘锦地域文化的主体精神。

荣兴街道位于盘锦南端，濒海临河，当年开大面积水稻种植之先河的营田公司就坐落于此。新中国成立以后，这里又成为新中国第一批国营农场之一，为盘锦成为"稻米基地"贡献了一己之力。斗转星移，岁月流转，稻作在时光荏苒中积累、沉淀，直到2016年"稻作人家"悄然问世。

随着盘锦美丽乡村建设深入开展，城乡一体化持续推进，荣兴有越来越多的民房被闲置下来，而荣兴街道稻田认养渐成新业态，全街剩余的稻田被陆续认领，荣兴街道便收拾了两栋民宅，用于认养者的稻作体验。没承想，这两栋民宅的受欢迎程度远远超出了预期。荣兴街道又赶紧再收拾出几栋房子，也仍栋栋不得闲。这些民宅多数建于二十世纪七八十年代，无论是选材用料、墙面装饰、房屋举架等都颇具特色。比如那栋建于1975年至1978年的草顶老宅，考虑到人们对鞍山海城地震心怀余悸，便尽可能地减轻房棚的重量，以期减少震灾带来的伤害。那栋墙体是石头的民宅，房主人用足心力从外地淘弄石料，当然所费不菲。对于这些老宅的维修处理，荣兴街道党工委始终秉持一个原则，那就是尽最大努力保持旧貌，使每一栋民宅在晋身为民宿的过程中，外形基本保持不变，室内则只求收拾得舒适干净，安全安逸，最大的改动就是供水、排水、采暖管线的铺设，以及院里照明等的配套，哪里都不曾用力过猛。入住的客户看到民宿室内原封未动的水刷石地面，富有年代及地域特色的室内装饰，既感到闲适，又增进对这片濒海临河之地的了解。

　　"圈儿里"是荣兴具有村落密码潜质的地名，"圈儿"的西面是一条名为"老三干"的上水线，南面是中央屯排水总干，东面是稻田，北面是荣兴老街，这些地块合围，形成了一个相对封闭的"圈儿"，许多年中只有架在"老三干"上的一座木头桥可通向外围，这片区域也就被俗称为"圈儿里"。备受瞩目的"轻博物馆"就坐落于"圈儿里"。博物馆内展示稻作历史、时代变迁、民俗风貌等，是稻作人家对稻文化的总结提炼和集中展示，"轻博物馆"是"稻作人家"的既定发展方向，也是来"圈儿里"必去的目的地。早在20世纪50年代，国营荣兴农场创建之初，"圈儿里"就是荣兴农场下设的良种场的所属地，住着良种场的农工及其家属。当这些人家陆续乔迁到楼区的新居之后，旧宅也就空了下来，成为"稻作人家"的雏形。经过统筹打理，保持了"圈儿里"每一栋房子的鲜明地域文化特色。一栋又一栋闲置下来的民宅，就这么一栋接一栋地被催生成了民宿，统以"稻作人家"之名，迅速成了荣兴最打眼的一处所在。那一个个空了数月以至数年的院子，又人来人往。院子里那一口口遭了冷落的水井，也再度水流汩汩。

工匠篇

工匠是指有工艺专长的匠人。工匠篇细致刻画了既有樵夫的韧劲、闯劲、实劲、拼劲，又有工匠的踏实细致、精细求精、追求卓越的基层干部群像。

工匠一　把"美丽"书写在大地上

盘锦从点点"斑秃"变身湿地繁花，在追寻这样的蝶变过程中，有一些人不能不表。他们是一群殚精竭虑，细心呵护着"美丽"嫩芽的乡镇干部和村干部，他们用心血和汗水浇灌湿地繁花，把"美丽"书写在大地上，人们戏称他们为"织锦工匠"。

打出织锦工匠的"样儿"

采访石庙子村党支部书记李云桐得"抓空儿"。为此，我没有预约，直接到了村委会，李云桐果然不在。

村里的同志告诉我，李云桐正接待大连金普新区来的考察团。

我打听清了他们所在位置，索性去精品民宿区陪同参观。

李云桐头戴耳麦，正绘声绘色地讲述着这些精品民宿的由来。原来，村里利用享老理念，和南方一家康养公司合作，组织高端人士健康养老项目。冬天在南方休养，夏天在北方避

白琵琶鹭

暑，这些精品民宿符合康养条件，因此每间民宿都供不应求。汗珠顺着李云桐花白的鬓角流下来，刚刚过了40岁的人啊，曾经英俊帅气的年轻后生，迅速过渡成了中年大叔。这几年没黑夜没白日的忙碌，让李云桐俊秀的脸上刻录了岁月的沧桑。

李云桐看到我，微笑着点一下头，继续他的解说。他领着客人参观村里人居环境，看便民超市、卫生室、垃圾分类、城乡一体化公交、网格管理等。在稻作慢行系统，他指着长成花朵样的蔬菜，告诉大家这是可食乐园，是整个慢行系统的核心，这里花朵样的蔬菜都是可食的，客人可以自选这里的蔬菜烹煮。李云桐还告诉大家，早先这里有座石庙，已有300多年了，本村因这座石庙得名。逢年过节，村里人都要去庙里祭祀，据说当时香火旺盛，影响深远。日伪时期，这座石庙毁于日本人之手。抗战胜利后，村里人复建了这座小庙，在这里举行祭祀活动，祈祷平安康健。无奈这座命运多舛的小庙最终湮灭在历史风尘中。如今这石庙的旧址变成了稻耕的沃土，在那里可以看到认养农业总部基地和各种编号的天南地北的认养人，他们不用出门就可以远程体会农耕文化，还可以亲身耕种，体会"汗滴禾下土"的辛劳，领会"粒粒皆辛苦"的收获甘甜。

以前的石庙子可不是这样，走泥泞的土路，住破烂的房屋，农民劳作一年几乎都看不见钱。党的乡村振兴政策如春风拂过，石庙子旧貌换新颜，白墙黛瓦、街路清晰、果树田畦、鲜花簇拥，引发阵阵惊叹。

我告诉李云桐，我不再跟着参观了，在稻作慢行系统的休憩区等他，他点头同意。

我独自坐在慢行系统，放松身心，听一听微风吹动稻浪的声响，数一数天上飘荡的白云。边沟里的睡莲开过了，稻田里的蛙声沉寂了，连夏日里鼓噪不息的蝉鸣也不见了踪迹，可风吹稻浪的沙沙声，又何尝不是红尘之外的天籁呢。一时玩心大起，赤足奔跑在木质栈桥上，穿行在稻海之中，我想起童年赤足走在田埂上的无忧无虑，脚丫和泥水搅拌在一起软软的触觉让我的心神荡漾。如今我可以自在随性地体会童年乐趣了，在广袤的稻田里呼啸来去。跑累了，我就什么也不干，坐在一株水稻的身边与它对话、注视、倾听，给它讲自己成长的烦恼和俗世烦忧。稻不会世俗矫情，默默倾听你的心事，无声分担你的烦忧。水稻看腻了，就去可食花园，与长成花朵模样的蔬菜自由亲近。长成花朵模样的可食蔬菜让你再次体味大自然的神奇和农民的无穷智慧。时间就这样静静地流淌过去，难得在这样的阳光下，晾晒着难得的轻松。

李云桐回来，遗憾地告诉我，他只能和我聊半个小时，新一拨客人正从盘锦西下高速，向这边赶来。

我诧异地问，那你不是连吃饭的时间都没有。

李云桐苦笑道，早都习惯了。

石庙子村位于向海大道旁边，除了天然的地缘优势，什么也没有，李云桐带着他们一班人居然无中生有，引进资金，想出享老民宿的点子，带领村民实现全面小康。

李云桐告诉我，这次以美丽乡村建设为切入点，补齐盘锦农村环境这个短板，实现全面小康。他一开始心里也是直打鼓，一点底都没有。其实，每个盘锦人都看得到农村这个短板，也期盼改变，在心里都憋着一股子劲儿，同时也捏着一把汗。农村环境综合整治是块难啃的硬骨头，这个鸿沟不是一步能迈得过去的，多次整治，多次反复，这次能行吗？这次会不会是像以往一样来去一阵风？

农村环境综合整治，最先整治的是卫生环境。接到任务后，不只群众，有的村镇干部也有了畏难情绪，看着村子脏、乱、差的环境，感觉像老虎吞山，不知道从哪里下嘴。只好硬着头皮干，可一旦干起来，就像开启了一个不能停息的大转盘，所有的事都自然地接续着，每天有干不完的事儿。

真应了那句俗话，手是好汉子，眼是懒蛋子。李云桐说，这世界上所有的事都是干出来的。朴实的话语，透着自信和骄傲。当初他接到农村环境综合整治的工作任务时，心里也是直打鼓。环境整治工作开始了，后续的资金、政策保障能不能跟得上？如果不能跟上，各项工作都开了头，将如何收场？最后，他拿出平常干工作的愣劲儿，不管了，先干起来再说。

刚开始，村民仨一群俩一伙儿地出来看光景，一边看一边说风凉话，"大家伙看看，上头又在'整景'了。不信咱打赌，过不了几天，就'蔫熄'了。"更有甚者，李云桐安排志愿者到他家为他清理卫生，都不搭把手，还振振有词："我要是都清理好了，志愿者不就没机会显摆了。""应该感谢我为你们创造了展示的机会。""不是志愿服务吗？那还用我们干什么？"李云桐心里着急，他没有贸然说教，这么多年的村支书工作经验让他明白，先干出样儿来，群众自然就跟上了。他哈下腰，领着村干部，清垃圾、修路、植树、"四进院"、建氧化塘等等，每天从早到晚，一刻不停地干。村里的环境开始变了样，垃圾山被清走了，小村还原洁净，开始逐渐美丽起来。

村民不再说风凉话，有人开始跟在李云桐后边想办法，不时干点力所能及的事。

李云桐看时机差不多了，他给每个村民发了请柬，请大家到广场来吃饭。到了晚上，村民如约来到广场上，村干部集体下厨，做十五桌菜。

李云桐说，今天，请大家来吃顿团圆饭，这段时间忙坏了，没和大家交流。顺便征求一下大家对美丽乡村建设的意见。

村民高兴起来。有的说，李书记太客气了，你们确实干得很累，我们挺满意的。有的说，环境综合整治让我们得了实惠，确实好！

大家吃得乐乐呵呵的，还提了很多建设性意见。

李云桐一一记下来，说回去整理一下，分步实施。李云桐太累了，没等大家吃完，就在躺椅上睡着了。睡到半夜，李云桐忽然惊醒，他记得村里第二天有全市拉练检查。他想起广场满地狼藉，赶紧起身来到广场，只见桌椅板凳、碗盘子都收拾起来了，连地面都清理干净了。他揉揉眼睛，仔细一看，果然已经收拾得立立整整的。李云桐坐在广场，先是欣慰地笑了，然后哭了，接着号啕大哭。他知道，群众这关，他才算真的过了。

从那天起，石庙子村全面启动美丽乡村建设工程，从村屯道路边沟建设、路灯、院落围栏、入户桥等基础设施建设，到24小时供水、燃气入户、便民超市、卫生室、文体广场等公共服务设施建设，到垃圾分类、庭院环境整治，都有村民的身影，往往是李云桐干什么，不用号召，群众自动自觉地跟着想办法、出主意。做了20多年村干部的李云桐第一次感到干群关系前所未有的顺畅。很多村干部和李云桐一样，他们在埋头苦干中，发现自己在村民心目中的位置越来越得到提升，他们布置的工作任务得到越来越多的认可和支持。李云桐认可得胜村党史馆义务解说员陆万长的一句话，村镇干部的"样儿"是靠为民服务打出来的。村镇干部在环境整合整治中，逢山开路遇水架桥，用自身的"辛苦指数"提升群众的"幸福指数"。农民也由最初的观望、讽刺，转为积极参与、主动配合，这个过程着实不容易。

如今村干部是既当"樵夫"也当"工匠"。既有"樵夫"的

自动化收割

韧劲、闯劲、实劲、拼劲，带领群众苦干实干，让老百姓过上好日子，有"不畏艰难入山林"的劲头，逢山开路遇水架桥的闯劲拼劲，又善于做在精细中出彩的"工匠"，即踏实细致、精细求精、追求卓越。在实践中，这些惯于逢山开路遇水架桥的"糙汉子"，学习在日常习惯的场景中精描细画，像模像样地做起"工匠"来。他们以环境综合整治为突破口，以完善农村基础设施建设为重点，坚持以产业牵动为目标，以美丽促提升，向美丽要效益，在这块土地上实现城乡真正的"无缝对接"。这场深刻的变革是全市立足现实，展开理想之翼，实现由不平衡不充分发展到全面小康社会的飞跃提升。

根治"斑秃"顽疾，在一片片锦绣上添了新花，村干部从逢山开路遇水架桥的开路先锋，变身精工细作描龙绣凤的"织锦工匠"。既有风驰电掣的激荡又有润物细无声的温柔，在自己分属的锦缎上精描细画。

谈到未来，李云桐说，把旅居生活元素融入稻耕文化，把现代生活与田园民宿相融合仅仅是石庙子村美丽乡村建设的初级样本。他们今后还要把更多的文化元素移植进来，打造诗意耕种的升级版，如借助民宿旅游享老产业，大力培植孝亲文化；引进家庭美德大讲堂播种孝亲文化的种子；开展多种形式的亲子活动融洽家庭氛围；开辟农民书屋引导农民学习文化；举办四点钟课桌，解决村民后顾之忧；开展丰富多彩的文艺活动，点亮村民心中向上、向善、向美之灯。

爱在北纬41°

春风拂过辽河口，休整了一个漫长冬季的黑土地在辽河水的滋润下泛着流油的质感，广袤的辽河冲积平原如平铺在天际的水稻产床，迎接从秧田移植到稻田的秧苗。从开秧门到关秧门，李广军一定要放下手头所有的工作，全程参与其中，他小心翼翼把一株株秧苗移入田畴，就像把收获和希望播种在这片肥美的土地上。等到成垄成行的秧苗整齐地列队在田畴上接受春风的检阅时候，他会和父亲一样，每天都来地头看看，拔拔草，施施肥，看看水稻的长势，有时甚至什么也不做，就坐在地头，深深凝视这片田禾，如父母对孩子殷殷关切。这目光承接李家几代人的梦想，穿越整整40年，饱含深深的水稻之情。

1979年暑期，父亲带着少年李广军在田里薅草。中午，赤日炎炎，父子俩坐在地头歇晌。极度疲累的李广军直接躺在田埂上，愤懑地吐出一口浊气，内心产生逃离这种生活的想法。父亲则坐在那里，摸出随身携带的旱烟，惬意地吸着，深深凝视着每株水稻。见父亲看得津津有味，李广军凑过去问："爹，你看什么？"

父亲憨憨地回复："看水稻拔节长高啊。"

李广军显然不信，"你能看出水稻拔节长高？"

父亲深深地看着李广军，饱含风霜的脸上现出了然的神情，"是啊，水稻和人一样有喜怒哀乐，你对它好，它让你收获丰收；你对它不好，它让你收获苦涩。"

李广军不以为然地接话："说得玄乎，好像水稻和人一样有感情似的。"

父亲显出从没有过的严肃神情，他笃定地解释："水稻不但有感情，知道知恩图报，甚至还有爱情。"没读过多少书的父亲居然形象地解说了水稻的爱情。每到抽穗开花的季节，也是水稻发生爱情的时候，整片的稻花迎风开放，花粉飘过，像一缕青烟，如此薄，如此轻快，水稻的柱头伸到颖壳外，承接飞扬的花粉，它们彼此寻觅，就像寻觅爱情。

水稻青烟一样掠过的爱情惊艳了少年李广军，让他对水稻有了新层次的认识。每株水稻都拼尽全力，努力绽放，把生命中最精华的部分展示出来，那份坚韧、那份美丽令人激赏。父亲说，水稻授粉、灌浆的声音他能听得到，他就算闭着眼睛，也知道水稻的长势。这时的父亲不再是那个平凡如辽河泥沙的农民，身上散发着把水稻作为一种精神图腾朝圣者的神奇光晕。

李广军祖上闯关东来到辽东半岛，从盐碱地上绽放的第一朵稻花起，一路追逐水稻迁徙，最终来到盘锦定居。盘锦位于北纬41°，是全国水稻黄金种植区。年均日照2768小时。无霜期最长达195天，是单季水稻孕育期最长的区域。盘锦土壤天然弱碱，含有大量氯离子，耕种层土壤pH值8.0～8.9，生长出的粳米米粒外形饱满、胶稠度高、糊化度低，清香浓郁、筋道滑腻。因独特的地理位置和自然条件，北纬41°水稻有着独特的生态密码。因缘际会，李广军担当了破解这生态密码的项目负责人。当他与父亲一样凝视稻的那一刻，李广军如一株灌浆的水稻，承接了祖辈、父辈深情的目光，他仿佛看见稻花飞溅璀璨的生命之光。

1981年，李广军放弃考大学的机会，选择去大洼农校水稻专业系统地学习水稻种养技术。在学校里，他是最勤奋的学生，一边做笔记一边实践，如饥似渴地学习水稻种养技术。1983年，李广军以优异的成绩从农校毕业。毕业后，李广军谢绝坐办公室的文职工作，直接回到农村做一名水稻技术员。当时已实行农村联产承包责任制，农业推广站业务萎缩，可农民对水稻种养技术需求大幅度提升。李广军深入田间地头，扑下身子，虚心向种稻老把式请教，结合书本知识，反复钻研，不断提高水稻种养技术，他指导的水稻病害少，不论产量还是口感都有很大提升。很快，李广军成为十里八村的水稻专家，年仅30岁就成为农艺师，成为人们眼里的水稻种植专家。就这样，李广军水里泥里的，一干就是30年，其间他当过水稻技术员，主管农业的副镇长、镇长，无论做什么工作，水稻一直浸润在他生命中，成为他生命中最重要的一部分。他一直有个梦，他要种出世上最好吃的水稻，带领乡亲们通过种水稻致富。

2014年，全市范围的美丽乡村建设开展得如火如荼，乡镇工作任务更加繁重，组织调任李广军任新立镇党委书记。上任伊始，李广军从解决群众最关心的问题入手，绘制全镇美丽乡村蓝图。在设计全镇支柱产业框架时，李广军经过反复调研，大胆提出水稻认养产业经营理念，认养一亩田即成为"庄主"，实施全生态种植，每亩保底产量250公斤（超产归认养者），约为2至3口之家一年的用量。这个认养理念一出，引发社会广泛反响，有人观望，有人嗤之以鼻，有人说李广军疯了，谁会花大价钱来认养这样一亩田？李广军不管别人怎么说，内心笃定，稳步推进认养产业。那些日子，李广军恨不得把一天掰成三天过，5+2、白+黑连轴转，忙得密不透风。他引进绿色+互联网全新种植模式，即全生态绿色种植并引进互联网技术，在基地项目区安装了360° 高清摄像头，庄主可以拿着手机对自己的庄园实施24小时全球眼监控。水稻收获后，为认养客户提供一年免费恒低温仓储，一年1至12次以"互联网+"方式免费配送上门，免费加工和统一包装，还可以随时为自己的亲友配送。每一个步骤，李广军都做到精益求精，渐渐地有一些客户上门了。李广军趁热打铁，针对社会上普遍关心的全程绿色生态种植问题，采用物理、人工方法防病、防虫、防草。施肥选用牛、马等大牲畜粪便，经过发酵、沤制，确保没有药物残留。安装紫光灯等投放性诱捕器，凉爽的夏夜，黑暗将神秘铺向田野，一台台闪着幽光的紫光灯，给大地带来浪漫的气息，这是虫蛾的天堂，它们飞身而来，就再不会退身而返。之后再人工采摘卵块，连虫带卵尽消除于田间。在水稻封垄前，纯人工除草2至3次。在认养过程中，李广军灵活施策，针对高端人士返璞归真的乡土情结，设计客户可自由选择全部或部分参与农事作业，也可全部委托种植环节。如此贴心服务，赢得客户广泛赞誉。

李广军善于种稻，更精于营销，他带着认养模式和"认养小二"大米游走各个有特定主题意义的典庆活动，像盘锦大米博览会、盘锦大米展销洽谈会、中国优质稻米（盘锦）交易会等特定场合一定会出现他的身影。他去过人民大会堂、中央电视台、高校等高端场所演讲，他也深入田间地头、大棚基地、农民夜校等接地气地辅导。他朴实的话语，亲切的形象，把深入骨髓的稻作文化条理清晰地展示出来，他就是"认养小二"大米形象代言人。

40年，泥里水里摸爬滚打，李广军把他的水稻做到极致。在盘锦，像李广军这样的人很多，李广军和祖辈、父辈一样，像守护着自己的眼珠、血脉那样倾情水稻。前辈当初与水稻结缘或许是为了生命的存活与延续；如今李广军们则是为了践行自己的诺言、创造价值。有人说，执着的人一生只做一件事，在盘锦，甚至几代人只做一件事。水稻与盘锦人的生产、生活息息相关，先期的火犁翻耕、电力提水，后期的条田化作业、飞机播撒稻种、航喷农药，还有耙地、除草，收割、运输、脱谷的系列化机械作业，都深入盘锦人的骨髓里，就如同盘锦人的胃对大米的思念，一碗甜香软糯的大米饭就可以慰藉盘锦人对食物的所有念想。

现如今，已经调任新职的李广军还是与水稻在一起。他很喜欢纪录片《稻之道》中的几句话："我们选择了稻米，就选择了一种文化，我们的生活情感甚至精神世界与稻米的荣枯盛衰纠缠在一起，与之同悲共喜，生生不息。"水稻就是生命，稻文化凝结在他的精神中，流淌在他的血液里。爱在北纬41°，这爱跨越40年，延续他的一生，他还打算责无旁贷地传承下去。

舵手的魅力

郭凯的理想是驾驶着农机服务合作社这艘航母，驶向盘锦现代农业的浩瀚海洋，亲身体验当舵手的魅力。

家庭联产承包责任制实行以来，农民积极性得到极大提升，粮食产量和农民收入不断攀升。然而，随着经济社会的发展，农民家庭分散经营，规模过小，难以形成规模经济效益的弊端逐渐显现。一直做农机服务工作的郭凯看到这些弊端，就在心里琢磨解决的道道，他从工作实践中悟出了一些门道，即把农民有效地组织起来，机械化生产，集约化经营，实现经济效益最大化。他这样想，也这样做了。经过充分的准备，在当地党委、政府的支持下，2007年8月15日，盘山县太平凯地农机服务专业合作社在一阵鞭炮和鼓乐声中挂牌成立，经过工商部门核准，专业合作社注册资金486万元。就这样，一只小舢板

辽河口日出

开启了它的航母之路。

　　合作社不是新生事物，早在20世纪50年代，全国各地都有过合作社。凯地农机服务专业合作社的成立没引起任何关注，因为农民对它并不买账。农民是中国农村最现实的群体，看到水稻生产全程机械化的便捷省力，有的农户便开始跃跃欲试了。他们找到郭凯，要求入社。郭凯瞄准时机，把农机作业收费调至最低，且针对贫困群众，积极开展义务服务，帮助他们旋地、插秧、收割等，农民得到了实惠，积极性空前高涨。到现在，专业合作社每年机耕地面积超过3万亩，机插秧面积超过3.5万亩，机收割面积超过2万亩，实现了经济效益与社会效益双丰收。

　　初战告捷，郭凯开始下一步运作，即根据农村土地经营形式的发展和转变，推进土地经营权流转。在坚持群众"依法、自愿、有偿"原则和确保承包权不变的基础上，开展土地经营权流转试点工作，成功从220户农工手中流转土地2000亩，并让农工享受国家一切支农惠农补贴政策。2015年，专业合作社土地流转面积达1万亩，每亩地流转金580元。专业合作社通过土地流转，使原土地承包者在稳定农业收入的基础上，实现转移就业，增加了经济收入。

郭凯把流转过来的土地通过实施集约化生产、规模化经营，发展有机水稻生产和无公害河蟹养殖，增加了专业合作社经营收入。专业合作社安排农村劳动力50人长年就业，短期就业数达300多人，增加了农工的就业机会，提高了家庭收入。专业合作社通过代育、代插、代收，直接解放劳动力5000人转移到二、三产业和新县城建设，农工的工资性收入增加了，合作社也实现了较好的经济效益。

郭凯的理想不止于此，他要向现代农机示范社进军，打造现代农业展示观光园。2010年起，开始进行水稻工厂化育苗试点，2012年，建设连体温室工厂化育秧中心，实行一棚多用，除水稻秧苗外，全年还可提供优质蔬菜秧苗2000万株，满足近万栋蔬菜大棚的秧苗需要。同时，建成水稻育秧大棚500栋，全镇水稻工厂化育秧70万盘，品种为盐丰47，为周边地区提供水稻秧苗，实现代育代插，促进了农民增收致富。

2015年，郭凯更是投资新建高标准智能连体温室，除为水田提供水稻秧苗，还为周边棚菜户提供应季蔬菜苗、花卉苗和绿化景观树苗。同时，建设花卉、水果采摘展示园，发展稻苗和菜苗展示、玫瑰花观赏、樱桃和油桃采摘，打造现代农业展示观光园。不仅如此，郭凯正在加紧建设高标准智能连体温室，实行一棚多用，打造集农业生产、观光旅游、采摘垂钓、餐饮娱乐为一体的农机示范园区和物联网站平台建设，为现代农业发展树起现实样板。

回望创业之初，一只不被看好的小舢板已经在风浪中成长为大船，可郭凯并不满足，他要把这艘大船发展成航母，他和他有着共同意愿的同人，驾驶着这艘航母，驶向理想的彼岸。

工匠二　湿地繁花别样红

湿地行走，有这样一群人的身影和足迹在我心灵的模板上日渐清晰起来，他们就是派驻乡村的第一书记。他们与当地的"织锦工匠"一道，发挥自身优势和特长，在壮大村集体经济、拓展招商引资、完善美丽乡村建设、夯实基层党建、提升服务能力等方面，发挥了积极作用。

最早关注到这些第一书记，缘自村民的介绍，他们会在交谈中不时爆出某某第一书记来了就不一样了，这是某某第一书记做的，那是某某第一书记解决的，等等，如是者几番，第一书记的形象在我脑海中由干瘪抽象变得丰盈具体起来。为了对他们有一个更深层次的了解，我特意抽出时间，循着他们的足迹，去探寻这些别样"织锦工匠"的新思路、新技艺、新招法。

初夏的阳光洒满大地，美丽的村庄如湿地繁花竞相绽放。这繁花掩映间，第一书记精心浇灌的花朵别样艳红。在盘山县胡家镇，笔者在往来络绎的河蟹大市场，听工作人员介绍原市农业农村局派驻胡家镇党委第一书记冯大庆围绕做大做强河蟹产业，通过政府、物流企业、电商企业、养殖户多方助力合作，带动了胡家镇河蟹产业的发展。在大洼区新兴镇，市环保局生态建设办公室主任、驻新兴镇党委第一书记尹海深入调研，谋篇布局，找准生态环保新突破口，发展生态农业，实现农民增收致富，借鉴荷兰羊角村经验，发展差异化、个性化旅游，使之成为盘锦旅游新引擎、新亮点。在盘山县陈家镇，市产业技术创新和研发基地建设工程中心派驻陈家镇党委第一书记吕春玲抓住设施农业方面的短板，多次协调市县两级电力部门，实现没通电的大棚通电，并申请到电力系统农网改造工程，新建了两个供电台区，解决设施农业大棚供电方面难题。在沙岭镇九台子村，市财政局政府采购中心驻沙岭镇镇长助理、九台子村干部高雪梅以问题为导向，以培育村集体经济为目标，制定"红色+产业振兴"发展规划，助建三个基地，培育和壮大村集体发展项目。在吴家镇双桥子村，市科协派驻吴家镇双桥子村第一书记刘冰心倾力倾情驻村工作，结合本职工作，科普服务乡村振兴，画出党群共建和产业发展的最大同心圆。在东风镇马家村，市工商联派驻东风镇马家村第一书记遇守航多措并举，推进村集体经济发展，切实增强了农村基层组织的号召力、凝聚力、服务力。这些别样"织锦工匠"思路新、手法新、花样新，织出的花色和针法都与众不同。

在采访过程中，无论走到哪一处，人们都会提到第一书记面对疫情大考交出的答卷。2020年年初，新冠肺炎疫情突至，第一书记放弃与家人团聚的静谧安逸，与镇村"两委"班子一道全力做好村里人口摸底排查、入户宣传检查、疑似人员隔离等工作。帮助村民测量体温，协助镇村工作人员做外来人员登记，并辅助卡点工作人员对出入车辆和人员进行不厌其烦的劝导，用心血和汗水筑起了一道道守护人民群众健康的"防护墙"。村民亲切地称他们，戴上口罩是冲锋在前的抗疫"战士"，挽起裤腿下村屯就是解决问题的"土专家"。"战士"和"土专家"两个毫不相干的词，在村民口中有效地缀连在一起，承转结合，纹丝不乱。疫情导致一些农产品滞销，这些"战士"华丽转身，八仙过海，尽显"土专家"之能。他们借助头条、抖音"战疫平台"以及复工复产的各大市场，帮助农户"搭桥铺路"，切实解决农产品滞销问题。盘山县得胜街道四台子村龙头企业丰源生态农业有限公司，原计划年后引进一套日本鸭蛋加工设备，3月中旬投入使用。这个项目投产后预计实现企业产值利润翻一番。没想到疫情突发，防控严密，道路不通，这个计划受到了影响。市统计局派驻四台子村第一书记刘金辉了解到这个情况后，经反复斟酌决定，在不影响村疫情防控的前提下，将村防控卡点从村口前移至小荒村境内南桥处，使这个企业的两个厂区在防控空间上连成一片，从而让企业新设备的采购、运输、安装调试工作均能按原计划进行。疫情肆虐，大洼区新开镇胥家村"东五间房"农家酱陷入滞销。市妇联派驻胥家村第一书记孙岩得知这一情况后，想方设法帮助"东五间房"拓宽销路。她先在"战疫平台"开设"东五间房"农家酱专栏，还在自己的微信群、朋友圈推销农家酱。农家酱的销量很快有了起色，她周边的人都调侃说，你都快成农家酱书记啦。兴隆台区惠宾街道二十里村碱地柿子滞销，兴隆台区农村经济局派驻二十里村第一书记李鹤坤站出来，建立"二十里村兴波采摘园"微信群，开拓线上销售渠道，并积极协调区农业农村局、区直机关综合事务中心等部门，推销碱地柿子。双台子区双盛街道常家村香菇滞销，市住房和城乡建设局派驻双盛街道第一书记孙玲通过多种渠道沟通市内的几家大采购商，直接到常家村香菇种植园区进行现场洽谈，一下子解决了香菇滞销难题。这样随手捡拾的事例多且不胜枚举。如果照这样记述下去，这些"织锦工匠"的故事就会冗长、雷同且流于表面。为此，我索性选取几个点，深入下去，亲身体会这些第一书记的织锦技艺和奉献精神。

兴隆台区惠宾街道胡家村和兴隆台区所有其他城边村一样，村容美丽、设施健全、交通便捷，区位优势明显。2018年4月，兴隆台区惠宾街道办事处吕明受组织派遣来到胡家村任驻村第一书记。一进村，他就想，自己能给村里带来什么，组织上看着他，村民也看着他。那段时间，吕明吃不好睡不好，思考着如何找到工作的结合点和切入点。调研中，他发现村民家的院子都比较大，每年除了种些绿色蔬菜，就是种些玉米类高棵植物，不仅收益低，还影响庭院美化。吕明看到这些，就主动和村民交流，是否能做些改变。村民也渴望改变，可他们没有更好的招法。吕明想，这不就是一个好的工作切入点吗？想办法帮助农民把手里的土地充分利用起来，既美化庭院，也提高村民收入，两全其美。吕明和村"两委"班子一道开动起脑筋，把村民的"小荒地"变成"经济园"，他给这项工作起个名，叫"村屯经济多维发展工程"。先是选出部分村民家庭做试点，鼓励他们用自家闲置的庭院种植绿色蔬菜。接下来，他协调康桥社区、胡家村、振兴物业管理有限公司，与村民结成发展对子，给这些蔬菜找到一个好的销售渠道。积极推动村民的"后院子"与市民的"菜篮子"以"认亲认养"方式连接，形成了绿色发展、城乡统筹的新型农村经济发展模式。村民看到了这样明晰的发展路径，自家庭院种养的农家菜不仅不愁卖，还能提高收入。村民积极性大增，很快形成发展规模，农村闲散土地与闲散劳动力得以盘活，村民在家里就能增加收入了。

村民乔大哥是签约"认亲认养"项目的低保户，结成对子以后，城里的"亲戚"老来，乔大哥改变了原有"习惯了穷"的落后观念，把家里外头收拾得干干净净，菜园里更是花心思种植了各色蔬菜，给城里的"亲戚"提供超值服务。"亲戚"感受到家的温暖，"走亲戚"的频率更高。两家常来常往，"亲情"浓浓，其乐融融。乔大哥兴奋之下做一首打油诗："城里亲戚来串门，摘菜做饭欢喜人。村和社区结成对，党组织是咱的当家人。"小小的农家院，传出一片欢声笑语。

小试身手得到村民欢迎，吕明趁热打铁，继续念起了"土地经"。目前，胡家村大部分村民的收入来自传统的水稻种植，那么水稻怎么种才更赚钱？吕明和村里的几个种田大户谈心谈话，鼓励他们抱团发展，成立农业专业合作社，走品牌式集约发展之路。几个种田大户瞪大眼睛看着吕明，我们能做到吗？原先不敢想的事能得以实现，这个年轻的第一书记怎么就能够把党的政策和村民发展结合得这么好？很快，在村"两委"班子引导下，以几个种田大户为依托，先后成立了福祥种植养殖专业合作社等3家专业合作社。为了促进专业合作社健康发展，

"认亲认养"签约仪式

吕明引进"产业型+党支部""专业合作社+党支部+农户"的运行模式，推动抓基层打基础与调结构促民生同向发力、同频共振，使胡家村水稻种植产业得到快速发展。为了提供更多资金、技术支持，吕明还通过街道办事处联系鑫隆泰小额贷款担保公司为村民提供无息、低息贷款；协调"惠宾街道新时代农民大讲堂"把课堂开到胡家村，邀请省内农业专家走进田间地头传授水稻病虫害防治知识和优质水稻种植技术，为胡家村的规模农业发展注入了动力。

吕明的"土地经"念得活、念得好，让这个年轻的第一书记走进村民心里。可他知道，群众对于他第一书记的考验还远没有结束，他们要看的是他这个第一书记对于帮扶困难群众有什么新招法。吕明自出任第一书记以来，就把胡家村贫困户放在心上，通过仔细研读资料，他发现村里贫困户多是身患残疾，因病致贫。如村民刘芳芳身患残疾，独自抚养孩子，除了料理简单家务，无事可做，家庭收入较低。像刘芳芳这样的贫困户不只物质上贫困，连精神上也萎靡困顿，吕明了解到这些情况，与妇联组织合作，引进了"巧手"扶贫项目——手工艺品加工制作，从"造血"入手，扶贫与扶志相结合，让贫困家庭彻底从萎靡困顿的状态中走出来，成为自食其力的强者。为了帮助村民掌握手工制作技艺，邀请手工制作老师到村里现场教授工艺流程。这个项目不仅让贫困家庭走上了脱贫发展之路，更增加了村内妇女在农闲期间的收入。

大洼区商贸管理服务中心派驻大洼区新立镇杨家村第一书记李宝龙，在原单位就是以"项目思维"著称的小能人，在第一书记岗位上，他把"项目思维"引进他所驻的村里，想项目、做项目，让一个个项目在杨家村落地生根，发展壮大。

李宝龙一直记得他来村里的第一个冬天，他在调查走访时了解到，受北方天气影响，当地群众习惯于猫冬，每年差不多有半年时间，农业和旅游产业基本处于停滞状态。有着"项目思维"的李宝龙敏锐地意识到，这是一个项目点，可不可以做个冬季项目，把村民从猫冬状态中拉出来。可做什么、如何做，让李宝龙费尽了踌躇。他和"两委"班子一道，经过多方调研、反复磋商、集体商议，最终决定开办一个手工粉条加工厂，让村民在农闲时间，既有营生干也增加收入。在粉条厂筹备期间，李宝龙全程参与，设备的调试更换、工序上的调整优化、原材料配比失败，他都一一过问，妥善处置。在开业现场，他看到经过机械和面、勾芡、震动、手拍等十多道工序流程后，一车车晶莹的粉条送进冷库和晾晒场，村民在工坊内有条不紊地忙碌着，一股热辣辣的暖流涌上眼眶。在筹备的日子里，多少次设备调试，多少次工序调整，多少次原料配比失败，这个项目的成功，来之不易！看着沉寂的冬天沸腾起来，村民从猫冬状态走出来，李宝龙欣慰地笑了。当他看到村民做粉条之余还有很多的空闲时间时，他的"项目思维"又开动了，利用这个间隙，再做点什么，既利用了时间，也用上了设备，李宝龙又想到了制作农家酱。于是，这个粉条厂又成了农家酱的生产地。

李宝龙不仅把眼光投向村内，他还把视野投向更远。多年来的招商引资经历，让李宝龙有了更多的人脉和经验支撑。他很快找到新的工作兴奋点，借助京津冀一体化协同发展、雄安新区产业转移的契机，先后引进了北京世纪夏鹏集团、哈喽鲜仔精酿啤酒厂、雄盛纸塑包装制品厂、北京富莱斯布艺家居生产厂4个项目，入驻盘锦（新立）小微企业创业园，实现了招商引资与招才引智相结合，促进财税增长和村民就业。李宝龙的"项目思维"不仅体现在外引项目上，还体现在村民日常生活的项目化。李宝龙发现，很多村民后园子里黄瓜、西红柿等绿色无农药蔬菜应有尽有，只是盈余过多，很多腐烂在地里，有的稍老一点的就喂了牲畜，他看着都觉得浪费。李宝龙想，水稻可以认养，那么果蔬是不是也可以认养呢？李宝龙是个行动派，把原来新立镇的水稻认养模式引用到了房前屋后的菜园子生长的蔬菜上，还创新了经营方式，采用认养客户自助与托管经营两种方式。认养人可以在节假日走进田间地头进行亲子农事活动，也可以采用全部托管模式，由村民种植。对于周边客户由认养总部采用"每天、每三天、每周"等不同时间段配送到家服务，或者按照客户要求，将盈余的无公害蔬菜统一包装，批发到农贸市场、超市。由于质量有保证，销售价格比普通果蔬高一倍以上。村民得了实惠，种养蔬菜积极性空前高涨，对这个有着"项目思维"的第一书记发自内心地佩服。

离开杨家村，村路两边累累桑葚在阳光下闪烁着紫色光芒。李宝龙眯着眼，兴致勃勃地告诉我，他脑海里又有了新的项目在酝酿。我俩约定，等他的新项目实施时，一定再来杨家村看看，给他这个第一书记捧捧场。

市农业农村局派驻盘山县石新镇党委第一书记赵彦彬从小生活在农村，对农民和土地有着深厚的感情。因心系农村，高考时，他报考了沈阳农业大学兽医专业。大学毕业后，被分配到市直机关，在多个岗位历练过，特别是他曾担任过市农委副主任、市畜牧局（动监局）局长等职。阅历和经验使他对"三农"工作得心应手。自受组织选派任石新镇党委第一书记以来，不但自己很快适应了本职工作，还帮助驻村第一书记熟悉工作、进入角色。赵彦彬主动了解驻村第一书记的思想动态，建立"石新镇第一书记微信群"，帮助他们分析形势，切入工作。在新冠肺炎疫情肆虐期间，赵彦彬每天早早起来的第一件事就是把所有关于疫情的信息通览一遍。接着就在"石新镇第一书记微信群"中发布四五条当日最新工作要求，点调各位驻村第一书记工作动态，对驻村第一书记工作疑问进行解答，最后总不忘暖心地叮嘱各位第一书记在抓好工作的同时做好个人防护。凭借在农业农村岗位工作的专业知识和多年积累的疫病防控经验，他定期到石新镇4个镇级劝返点和所有村、居级劝返点进行工作指导，面向值守人员和村居负责同志就如何做好过往车辆消毒、群众宣传教育和异地返乡人员隔离防护等工作耐心细致地进行讲解。根据走访情况与镇党委、镇政府干部共同研判全镇防控形势，及时做好工作调度。

石新镇太平村是朝鲜族群众聚居的少数民族村，集体经济比较薄弱。赵彦彬和驻村第一书记商量，针对这一薄弱环节，寻资金找项目，做大做强集体经济。他和驻村第一书记找到市、县民族宗教部门，争取到一部分少数民族发展资金。可这些资金远远不够，他接着又跑太平村帮扶单位——市中心医院，又争取到一些扶持资金。有了发展资金，就得选适合太平村实际的项目了。太平村有畜牧养殖基础，经过综合考量，他们选择建肉羊养殖场的项目。从建场到选羊，赵彦彬与村"两委"班子反复磋商，每个环节都做得尽善尽美。赵彦彬自己是畜牧业专家，他利用业余时间，对肉羊养殖场进行免费技术指导。如今，这个肉羊养殖场开展二期建设，在原来的基础上再建两幢羊舍，预计肉羊存栏量将突破1000只。这样一来，村集体经济壮大了，赵彦彬更忙了，有时甚至连续几周不着家，家里的事全扔给爱人。他爱人调侃说，你这第一书记当的，都卖给镇里了。

赵彦彬把村民的事当成自己的事，用勤劳和汗水书写着一名共产党员的人生诗篇。他常常挂在嘴边的一句话就是要做实事、解难事，以自身的辛苦指数换取群众的幸福指数。赵彦彬在第一书记岗位上践行的就是"干"字诀。从到任伊始，他就吃住在镇里，发现问题，及时解决。通往石新社区的一条主街年久失修，风天尘土弥漫，雨天泥泞难行，他奔走各方，协调相关部门，修了这条柏油路面；石新镇内污水排放难，他争取市农业农村局支持，修补暗排管线；石新镇卫生院医疗设备短缺，他从辽油宝石花医院争取来十多台套价值近40万元的医用设备；石新镇龚屯村进行芽苗菜生产试验，缺少资金，他争取市总工会支持，建起500平方米的厂房；石新镇大金村村民吃水难，他和驻村第一书记与市水务集团沟通，铺设管线，解决了

赵彦彬（右）和村民交流意见

村民吃水难问题。人们发现，赵彦彬遇到问题，从不绕着走，随发现随解决。2018年防控非洲猪瘟疫情期间，他带领基层畜牧人员积极应对非洲猪瘟疫情，用所学知识科学安排，积极防控，合理处置。在省市督查工作中建言献策，得到了省市领导的一致好评。村民称赞，这个第一书记办实事，有能量啊。赵彦彬则笑着说，有啥能量啊，干了两年第一书记，净求人，这是搭上几十年积攒的资源啦。

和大洼区新开镇胥家村驻村第一书记孙岩聊起驻村的事，她思路全开，掰着手指头，把村里的帮扶对象一个个地说开去。从她飞扬的神采中，我读到专注专业、用心用情的工作态度。

说起村里的大酱厂，孙岩滔滔不绝。胥家村东五间房的张振德经营一家大酱厂，因为缺少资金，销路不畅，生意做得勉勉强强。孙岩了解到这一情况，主动帮助张振德协调资金、申报非遗、拓展销路渠道、做品牌推广等，促进企业做大做强。如今，张振德的大酱厂成为村里的龙头企业，他本人也成为村里致富典型。孙岩的理念很简单，紧紧抓住致富典型和贫困户两个端点，通过村"两委"班子共同努力，促进贫困户向致富典型转变。像张振德这样的例子在村里有好几个，发挥了较好的典型示范作用。为壮大村集体经济，引导和带领农民增收致富，孙岩协调市妇联、邮储银行等，为创业典型涉农创业担保贷款，拓宽群众创新创业的资金渠道。群众没有致富项目，孙岩就协调市妇联和市劳动就业局，开展家政服务业培训，为困难家庭、农村妇女等群体提供免费培训业务，帮助更多贫困妇女就业增收。村里"两后生"读书难、升学难、就业难，她就多方协调，开展"关爱'两后生'送政策进家庭"活动，为"两后生"继续教育提供更加便利的条件和优惠政策，提高他们的创业能力和就业竞争力，帮助他们增加家庭经济收入，改变贫困状况，助力乡村振兴，促进家庭更加和谐幸福。

孙岩说："我们这些第一书记没有三头六臂，也不能解决村里所有问题。我的做法是发挥优势，小处入手。"孙岩发挥妇联组织联系广泛的优势，延伸触角，编织一张全覆盖的帮扶网。她走家入户，对胥家村困难群众家庭情况进行了认真调查，协调市妇联等单位与胥家村贫困家庭结成一对一帮扶对子。针对每户贫困的情况，制订详细的帮扶计划，为困难党员、贫困户、留守儿童送去温暖与帮扶。扶贫先扶"志"和"智"，孙岩经常在田间地头和村民聊新农村政策，让帮扶对象转变思想观念。每逢年节，她自费采购面、油、奶等慰问品，送到贫困户家中。在为低保户寻找致富项目的扶贫过程中，加强针对性与可操作性，变输血为造血，帮助这些家庭用自己勤劳的双手脱贫致富。

孙岩的小处入手即是围绕群众关心的操心事烦心事揪心事，倾心倾力为群众服务。村里工作环境差，办公设备陈旧，孙岩协调帮扶单位，为村里捐赠两台电脑和一台空调；为帮助贫困村民抵抗冬天严寒，孙岩组织志愿者为贫困户送去棉被棉衣棉裤；在"爱心助学"走访活动中，组织企业志愿者为贫困儿童捐款，让学生不再为读书发愁；每到年节，为每个帮扶对子搭建联系平台，买来帮扶对象生活需要的生活用品。平时注重维护平台建设，互通有无，把帮扶做到帮扶对象的心坎上。

　　分手时，孙岩说，欢迎再来胥家村，我们的服务宗旨是用我的真心换你们的笑容。她脸上灿烂的笑容让我觉得连天空都明亮了许多。

工匠三　三代人的"平安"守望

汽车沿着笔直的马路匀速行驶，道路两侧成行的绿植、盛放的花朵如按下快进键一样在眼前快速闪过，映入眼帘的是繁花簇拥的平整田畴，如绿色锦缎平铺在广袤的原野上，沿着树木和花朵锁边的村路，穿过民族风情的牌楼，驶进平安村。

一进村，好像走进了花海，笔直的马路边、整齐的边沟，甚至入户桥两侧都盛开着各色花朵，映得朝鲜族风情的院墙更加夺目，家家户户门前花圃各色月季花开得正热闹。

来到村委会门前，有村民告知，我要找的村党支部书记金勇没在。虽然在来之前与金勇沟通过，知道他在村里，我还是没再打电话，而是在村委会门前耐心地等他。

十几分钟后，从村东头走过一个急匆匆的人影，先是模糊的轮廓，然后渐渐清晰起来，露出一张黝黑的挂着油汗的脸，正是平安村党支部书记金勇。他上身穿粉色条纹运动衫，下身着米色长裤，脚下蹬一双运动鞋，操着不太熟练的普通话，边寒暄边解释："村里正安装太阳能路灯，正带着队伍干活，劳您久等了。"说着舔一舔嘴唇，不好意思地笑了，嘴角显出一个圆

辽河口春天

润的弧度。

我没和他客气，开门见山地请他介绍一下平安村美丽乡村建设具体情况。

他听了我的话，连连摆手说："我没啥可说的，可以领着你随便看一看。"

我跟随着他走在村里，发现平安村街路是正东、正西、正南、正北的规制，街路成行，整洁有序，这和有的村乱搭乱建显得街路蜿蜒有明显的不同。见此情景，不由得心生感慨："平安村的原始规划做得真不错！"

金勇笑了，"这个村的原始规划是我父亲做的。"我心下诧

异，现今世上，总经理、董事长有父子传承的，村干部也有子承父业？没等我细问，只见金勇大步走到一户门前花圃边，停下来仔细查看。

我问："你在看什么？"

他说："这几株月季长势有点不好，花朵也小。等会我得查一下，想点办法解决一下。"

我奇怪地问："村里一朵花的事你都管，那么村里这么些事，你管得过来吗？"

"管不过来也得管，我干的就是这个工作。"他指着庭前花圃中的月季说，"这些月季是去年从外地引进的藤本月季，引进的时候，为了侍弄好它，我特意和花农学了好几天呢。去年过冬的时候，每一株都认真做了防护覆盖，先剪枝，然后用塑料覆盖，之后铺上稻草、棉絮等保温。不瞒你说，怕它们冻着，我三九天都起来查看好几回呢。你看今年的花，开得多好！"说着他后退一步，眯起眼睛，细细地欣赏起来。

我被他的动作逗笑了，"看不出金勇书记还是一个细心的人。"

他睁着圆眼睛说："不细心能行吗？当书记不和过日子一样吗，哪样不得细心啊。你就说这个村子吧，哪家哪户啥情况，都在我心里装着呢。"他停顿一下，指着一户庭院说，"这家姓金，大人在韩国打工，老人和八岁孩子守在家里，每天我都得过去几趟，帮着干点啥。"没等他说完话，一个电话打进来。他接完电话，歉意地说，镇里来电话，告知他有一拨接待。

我一听急了，"我这才开个头，你不能走。"

他笑了，"实在不好意思，来了一拨客人，我得去接待，你先在村头遇见咖啡厅等我。"说完他大气地一挥手，"中午饭我请，权当赔罪了。"

遇见咖啡厅铺面不大，装修得古朴雅致，客人三三两两在里面盘桓。我要了一杯现磨咖啡，一边看手机一边等金勇。左等不来，右等也不来，一杯咖啡见底了，金勇还是没来，我心里有些着急。老板娘钟秋是个有着知性美的年轻女性，她见我等得着急，就主动给我换上一杯热茶，绕过吧台和我攀谈起来。

钟秋两年前从国外回来，见到村里的变化，一下子喜欢上这里的慢生活，她给自己的咖啡厅起名叫"遇见"，她希望遇见更多的人，遇见更多的故事，遇见更好的自己。生活的历练和积淀让钟秋有着过滤浮华之后的沉静，她的遇见咖啡厅已成为平安村新的文化标识。

钟秋的家就在平安村，早年间她也和村里的年轻人一样，一心一意往外奔。近两年，村里环境大变样，就业的机会多起来，钟秋瞅准机会，把家搬回来，开了这家遇见咖啡厅，让自己的生活慢下来。她说："父母的家在这里，将来还要把公婆也接过来，一大家子人在花园一样的环境里休闲养老，那才惬意呢。"钟秋还告诉我，现在像她一样回归的年轻人越来越多，他们不但人回归了，把国外的理念和技术也带回来，她相信，在大家的共同努力下，平安村的未来一定会更好。

谈到金勇，钟秋想了一下说："金勇叔以前也在韩国做过国际贸易，见过世面，挣过大钱。回到村里后，把村里的事当家里的事干，一天有太多的事，干都干不过来，还得自己往里搭钱，努力让所有的人满意。金勇叔真是太不容易了！"

中午12点左右，金勇终于回来了，汗在脸上淌了溜儿。他从老伴店里端来两碗冷面，说在"遇见"请我吃便饭。

我笑着打趣他："你可真大气，这就是你请的客。"

钟秋见我打趣金勇，赶紧帮着解释："我金勇叔可真豪气着呢，去年为了村里铺路，有的人思想不同，他就连续一周请全村人吃饭，把全村人都感动了呢。"

金勇笑了，"那是为了赶工期，村里有的人不理解，我就请他们到饭桌上谈，饭桌上好办事，一下子就搞定了。"听他用不太流利的普通话说着"搞定"这样的时髦词，我笑得腮帮子都疼了。

金勇正色解释："今天时间不赶趟，下午还有好多事，自从当上这个书记，有时连吃饭的时间真没有。"

看他这么忙，我赶紧抓紧时间采访，话题又从他当这个村党支部书记开始谈起。

2014年，金勇回到平安村，见到村子还是老样子，低矮的平房，乱七八糟的街道，肮脏的边沟，路边零星的杂草，他的心被触动了。金勇的父亲是这个村的老书记，1991年因病倒在工作岗位上。这个村的框架是父亲搭建的，父亲去世时，他在韩国做边贸生意，因为联系不通畅，没能及时赶回来。那时他和他在外打工的伙伴都认为，挣钱的数量虽然不能体现人生的全部价值，至少是能力的一个体现。他从没思考过挣钱为什么，难道挣了钱回来，就住在这样的环境中吗？金勇第一次思考人生，也第一次没有及时回到韩国去。他思考了几天，做了一个惊人的决定，参选平安村党支部书记。

历史总是惊人的相似，金勇的父亲55岁倒在村书记任上，他在55岁接过父亲的接力棒，参选平安村党支部书记并顺利当选。

上任伊始，金勇对全村的环境卫生进行大清理，然后按照原有村落规划，进行整体设计。在院内统一铺设了甬路，院内周边以每条街为单位设计一个模式，院墙内外统一刷了外墙涂料，户与户之间院墙改用木制栅栏隔开。院内可种植面积均采用木制栅栏分割成各类几何图形，使用砖石和水泥板铺设了小路，种植不同品种蔬菜或花卉，既保证居民吃菜，又达到了欣赏效果。在每家农户的甬路搭建了3~4米长的木制葡萄长廊，既美观又实用。统一在各户的后院搭建砖石、彩钢板结构的简易仓库，方便存放农具、柴草等生活杂物，使院内更加干净整齐。那段时间，金勇整天在各家各院出入，劝这个，劝那个，连父亲的老面子都搭上了，总算让村子的面貌出现一些改观。再往下深入，遇到一个现实的问题，没有钱。区、镇的投入不足且滞后，要想不误工期，只能自己想办法。金勇这些年做生意还有些积蓄，这钱是自己多半生的积蓄，先拿出来垫付，他也着实有些犹豫。可想到祖祖辈辈的家园，父亲一辈子的心血，他咬咬牙，决定先拿出自己的钱垫上。开始他偷偷往里搭自己的私房钱，后来，钱的缺口越来越大，他的私房钱远远不够。没法子，他回家动员老伴来支持。老伴自然不乐意，辛辛苦苦攒下的钱，就这样打了水漂，连个响儿都听不到，老伴舍不得啊。金勇急了，不善言辞的他第一次和老伴讲道理。他说："我活了大半生，第一次觉得自己应该做点事，再说咱投入，也是为了咱祖祖辈辈生活的这旮地儿，至于给不给钱，你看着办吧。"老伴流下了眼泪，没有说话，把存折扔给他。

有了钱，金勇带着村民铺设柏油路，修建入户桥，修甬路，彻底解决村民出行难问题。为了省钱，能自己干的就自己干，自己干不了的，就组织党员志愿者干，实在找不到人才雇人干。在修建村口的牌楼时，在韩国打过工的金勇自己设计图样，然后照着图样，买来木材，自己施工、安装，仅此一项，就节省了近一半投资。金勇把村里的日子当成自己家的日子过，能省则省，有限的钱都用在刀刃上。很快村里植起了景观树，建起了广场，安装了太阳能路灯，修建了院墙、边沟，铺彩砖，粉刷墙体，购置花箱，修建木栅栏，栽上喇叭花、菊花、波斯菊等各种花卉。平安村成了美丽乡村示范村，形成"村在花中、房在绿中、人在美中"的独特景观。

为了引进资金，不擅长言语沟通的金勇操着不太熟练的普通话，去市里各个部门跑项目、拉资金。他进门也不寒暄，只领着领导来看平安村的变化。看到平安村的变化，各个部门领导主动帮金勇想办法、出思路。就这样一笔笔投资陆续进了村。现在正施工建设的高新太阳能灯项目就是他引进的，能亮十几个小时，比前几年引进的性能强太多了。"明年，我还要引进复古房顶维修项目，到那时，平安村更美、更亮、更具民族风情了。"说到这儿，金勇汗渍没干的脸上闪着亮光。

平安村环境好了，有经商头脑的金勇开始琢磨打造朝鲜族特色旅游品牌。他打造具有民族特色的民宿，让游客充分体验了朝鲜族居民的日常生活和特色民俗。同时，依托平安村朝鲜族特色，打造朝鲜族特色酱菜品牌，组织朝鲜族妇女集中制作辣白菜、各种特色小菜等，别看项目小，每日订单不断，着实提高了村民收入。

村里的日子越过越好，金勇没忘了在外打工的兄弟姐妹，他经常和他们联系，说家乡的变化，请他们有时间回家看一看。去年春节，很多在外打工的村民回到家，金勇领着他们看村里的变化，并表示要替大家守好家。村民感动极了，纷纷表示要回来，还要把资金、项目带回来。

为了照顾好村里的留守老人和残疾人，金勇组织志愿者服务队，专门为他们服务，平时陪老人聊聊天，帮助干点杂活，逢年过节，送去问候和慰问品。金勇自己每天都到各家各户看看，有什么事现场解决。

我问："你常年这样奔走，能够坚持下来吗？"

他说："一走一过就到了，不费啥事。把他们当成自己的家人就好了，没什么难坚持的。"

2019年7月9日晚，台风"利奇马"突袭盘锦，平安村暴雨如注。金勇忽然想起，村西北角排水沟下水有些不畅，遇到这样的天气，雨水淤积，很容易形成内涝。想到这里，他睡不着了，披衣而起，抄起门后的铁锹，冲进雨幕。

老伴拉住他劝："你等雨停了再去吧。"

他拍拍老伴的肩头，走出家门，冒雨疏通排水沟。

雨水如豆，打在他的脊背上，汗水、雨水模糊了他的眼睛。他咬着牙，一锹一锹地挖着，终于把排水沟疏通了。

等天亮了，村民踏着干爽的柏油路出行，根本不知道，后半夜雨幕下还有个疲惫的身影。

看他情绪低落，我问："你觉得委屈吗？"

他想了一下："村民不理解时会觉得委屈。从小我看父亲就是这样干的。现在不去想了，就是觉得委屈也得这样干。"他又停顿一下，"昨天晚上11点多钟，我在全村走一遍，看看新安的太阳能灯是不是在亮。把不亮的都一一记下来，等天亮了，再和施工队交涉。"他停下来，看了看我，"反正当这个书记，村里每一朵花、每一株草、每一盏路灯、每一片栅栏，都得一一上心，半点马虎不得。"这就是金勇的工作常态，每天奔波劳碌且乐在其中。

金勇的工作状态，也是全市村党支部书记的工作状态，更是全省乃至全国村党支部书记的共性状态。金勇只是他们之中的普通一员。

我不想继续这个比较沉重的话题，就和金勇唠起家常。说到老伴和儿子，金勇的脸上洋溢着笑容。他说，老伴支持他的工作，儿子在沈阳开着一家餐厅，日子过得平安顺遂。

我问："儿子有没有回村发展的打算？"

金勇笑了："没和儿子正式谈过，但儿子曾表示，要在外面学好本领，回来为家乡做贡献。"

对于这个村党支部干部家庭教育出的第三代，我非常感兴趣。我从金勇那里要来电话，拨通了金勇的儿子金东杰的电话。我问他："听说你也想为家乡做贡献，那你有没有像祖父、父亲一样，回村服务乡民的想法？"

金东杰思考了一下："一代人有一代人的使命，比如祖父建的村，父亲让村变美了，到了我这代呢，"他思考了一下，谨慎地说，"即使我有想法，也不能空着手回去吧。"

我放下电话，想到金勇一家三代人的"平安"情结，内心充满欣慰。

临走，问金勇今后的打算。文化程度不高的金勇说了这样一句非常诗意的话："人生可以老去，唯岁月不可辜负。"

我笑着和他告别。金勇站在牌楼下，和我挥着手。夕阳下，黝黑的金勇似被太阳镀上了一层金光。

工匠四　盐碱地上长出南锅梦

　　第一次听到南锅这个名字，还以为是成语滥竽充数里面的南郭先生的"南郭"两个字呢，殊不知竟然是"南锅"两个字。当下纳罕，还有用锅字来做村名的村子吗，真是少见呢。

　　据南锅村村民张明义介绍，早先的南锅叫盐锅，后来，来到南锅做客的文人雅士取方位词改名南锅。南锅以前是一片盐碱滩，白亮亮的一片，寸草不生，全村靠淋碱熬盐为生，因为

盘山县南锅村

要用大锅熬盐，故而村的名字里有一个锅字。

那时的南锅人生活困苦，产业凋敝，大家伙的内心都憋着一股劲儿，什么时候能走出那口锅，让咱们白亮亮的盐碱地变得青翠水绿，生机勃勃。这是几代南锅人心底的梦啊！为了这个梦，南锅一代代人接续努力，如今更是乘着全市美丽乡村建设的东风，建成了富庶、美丽、文明、幸福的美丽乡村示范村，南锅人在盐碱地上长出的梦想终于开出了繁硕花朵。

张洪亮和他的南锅梦实现路径

南锅村党支部书记张洪亮是个地道的80后，他从老辈手里接任南锅村党支部书记的时候，也接过几代人心底的南锅梦。读过书、见过世面的张洪亮和老一辈南锅人不一样，他心底的南锅梦镜像更清晰，也更具体。他描述道："从儿时起在我心里就多少次描绘南锅应该是什么样子的，二层小楼，有电话，通暖气，家家都有摩托车……"因了这样的梦，从任职伊始，他就琢磨南锅梦的实现路径。

南锅因用铁锅熬盐而得名，土地碱咸，种啥啥不长，满地一层白盐碱。后来经过垦荒造田，也只能种水稻且产量不高，因而农民的收益有限，日子过得紧巴巴的。2006年，年仅二十几岁的张洪亮通过村委会换届选举，当选村委会副主任。为了摘掉穷帽子，张洪亮通过向亲友借钱、银行贷款购买了一台挖掘机，带领村民的四轮子、三轮子一起上，成立了南锅机械化服务队。当时，正赶上农田基本建设和各种工程建设，当年就见了效益，一举摘掉穷帽子。后来，由于挖掘机保有量大，互相压价，加上活不多，钱开始不好挣。张洪亮把挖掘机卖了，开始琢磨别的致富路。那几年，盘山县大规模水稻养蟹套养正全面推进，张洪亮觉得这是一个机会，因为他是村干部，经常到周边乡镇学习交流，看到了河蟹产业的发展前景，于是，他把致富目标放到了养蟹上。可是周边现有的土地该包的也都被包完了。他不死心，就多方打听，哪里有对外流转土地的。后来，有朋友告诉他，新生农场还有地，他就和村民商量，要出去包地养蟹。包地和做工程可不一样，你做工程，人家付给报酬，一把一利索，好算账。可包地养蟹周期长，挣不挣钱不一定，再说，养蟹风险极大，老话说，家趁万贯，活物不算，何况是在外地养蟹，能挣钱吗，要是赔了怎么弄？张洪亮见村民思想不通，知道喊破嗓子，不如做出样子。他自己跑过去，承包了将近1000亩水田地，开始干起来。那段时间，他恨不得一天掰成几天来过，起早贪黑地干起来，既当村干部，还得研究怎么经营，一亩地怎么能产出最大化，怎么节约成本，他天天想、天天算、天天干，整个人都瘦了一圈。天道酬勤，到了年底，张洪亮承包的地获得了丰厚的收成。村民看到张洪亮挣到钱，纷纷来向他讨经验。他没私心，不藏心眼，毫无保留地把包地的经验传授给村民，到2017年，全村在外包地的村民达14户，30多人，包地面积近5000亩，同时，也带动了

80多名村民参与劳务，还降低了在村里种地村民的成本，可谓一举三得。现如今，南锅村成了名副其实的富裕村，张洪亮年少时的梦逐渐实现。

借势美丽乡村建设，助力南锅梦升级

当全市范围的美丽乡村建设开展得如火如荼时，村里老书记因身体原因辞职，张洪亮继任村书记。善于借势而上的张洪亮再一次抓住这个契机，加快南锅村产业发展和基础设施建设，助力南锅梦升级。

张洪亮深知时不我待的紧迫感，他每天上班第一件事就是开早会，布置一天的工作，每天晚上再开会，讲评一天的工作，查找薄弱环节，落实具体解决方案。张洪亮和他的团队养成了一个习惯，不论春夏秋冬，早上6时前，必须出现在群众面前，晚上7时前，不下班回家，用充足的工作时间完成工作任务。群众天天都能见到支部成员，有什么事直接说，直接办，高效便捷。在日常工作中，张洪亮带领支部成员登门联系群众，改变以前坐等群众的方式，让群众感到满意贴心。群众就是这样，你对他们好，他们支持你，这样一来一往，形成了融洽良好的干群关系。

张洪亮果断利用全市范围的美丽乡村建设契机，主动出去跑项目，争取整合资金，投资基础设施建设，他组织村民修路、修房、修院墙、绿化、美化、亮化等，项目一个接一个地引进来，再一个个推进下去。张洪亮细心，推进每个项目都尽心尽力地做，在修路时，他考虑到村子接壤辽河口湿地，地势低，地下水位高，对村子上下水设备和村公路进行了改水建设和配套升级。张洪亮的家就在南锅，深知改变南锅面貌的迫切需要，因此，村容村貌、卫生环境治理、保洁员配置和垃圾分类等，他都知道底细，结合实际，研究并制定详尽的实施方案。像垃圾分类的推进一开始就遇到不小的阻力，张洪亮就带着村"两委"班子一家一户入户宣传，还利用广播、公示、张贴年画、发放语音光碟等方式进行宣传，又给每户都派发了彩色分类垃圾桶。渐渐地，村民信服张洪亮，开始接受了垃圾分类，村里再对分类的垃圾进行收集和无害化处理，困扰南锅几百年的垃圾问题就这样解决了。没有了垃圾问题的困扰，村庄的环境干净了，村民逐步养成了文明的生活习惯，南锅村被评为市级垃圾分类示范村。

等到推进天然气及燃气壁挂炉工程时，张洪亮又遇到了难题，村民怕花钱，怕建管线破坏庭院，再加上思想观念制约，大多不同意引进天然气及燃气壁挂炉。张洪亮仍然采纳垃圾分类入户走访的办法，一家一家地讲，一家一家地说。群众经由前期工作铺垫，对张洪亮很是信服，由不认可、相互观望，变成排队安装。南锅村成为市级燃气壁挂炉推广使用示范村。张洪亮做什么都要做到最好，他领衔的南锅村在全镇、全县、全市美丽乡村建设大检查、大评比中，始终名列前茅。

张洪亮脑子灵活，他知道村容村貌改变了，还得有人文特色才能使村子更出彩。为此，他和党支部深入挖掘南锅村人文、历史文化资源，他想到建村始祖张良纯的故事。相传清乾隆年间，河北省滦州县贡士张良纯才学渊博，高中进士，并被乾隆皇帝御赐双翰林。后来，他举家搬到距龙王庙南一公里的一处坨地上安家落户。坨地尽是盐碱，张翰林带领全家人大锅熬盐，卖盐卖卤维持生计。后来陆续有人在此聚集，南锅因此得名，并一直沿用至今。南锅人爱戴张良纯，自称南锅为翰林故里。张氏后人在此繁衍生息，全村现在张姓居民约占半数以上，传说均为张翰林后人。张洪亮抓住翰林故里这个由头，寻求专家论证并得到市、县等有关部门支持，建起翰林广场、廉政教育基地、国学讲堂、翰林祠堂等，做大具有南锅特色的文化旅游文章，推出"文化教育+乡村旅游"新模式，打造"翰林故里，美丽南锅"。在此基础上，建设集餐饮住宿为一体的北方特色乡村旅游民宿，配合多产业融合发展，大力发展特色乡村旅游。

用双手建设富庶、美丽、文明、幸福的南锅村

张洪亮最初的南锅梦是朴素的，和村里大多数群众心底的期盼是一样的，就是要让南锅村村民过上好日子。2012年，习近平总书记首次提出中国梦的概念。那一刻，张洪亮的热血沸腾了，他感到自己的南锅梦如细小的河流正在汇入中国梦的海洋，从此有了明确的方向。而全市范围的美丽乡村建设又为他实现南锅梦提供了根基和依凭。大展身手的张洪亮告诉笔者，他现在的南锅梦就是建设富庶、美丽、文明、幸福的南锅村。

富庶、美丽、文明、幸福，每个元素都很重要，善于统筹

兼顾的张洪亮从来不搞"单打一"，总是整体推进，协调发展。

乡村振兴，产业为先。南锅村连接湿地，产业以农业种养业为主。近些年，南锅农业种养结构，已经发展到瓶颈阶段，长期以来农业收入得不到进一步提高，仍停留在生产保质量、副业靠市场的格局。这次全市乡村振兴战略的大力推进，为南锅调整种养结构提供契机。张洪亮通过跑市场、到周边地区参观学习、申请专业队伍技术指导等，利用现有土地资源，采取股份制合作经营模式，即村集体土地入股+村民筹资入股+社会资本+专业合作社的经营管理模式。综合开发实现"一地多收"，建设果蔬观光基地，绿色生态观光大棚，稻田慢行系统，把农副产业生产基地建成可观、可赏、可玩、可购的观光农业大系统。他针对部分耕地地质呈碱性，影响水稻产量问题，改良改善种植品种，积极拓宽灌溉水源渠道，清理田间小沟渠，使用辽河水及青年水库双水源，这样不管气象条件如何，都能做到丰产丰收。同时，利用南锅地势低洼特点，充分利用水体，发展淡水鱼蟹养殖业，养殖面积逐年增加，淡水鱼蟹养殖已成为南锅村培育的特色优势产业之一。

特别值得一提的是南锅甜瓜种植，今年春节未到，南锅一棚棚甜瓜就抢先上市了，个大味甜，每棚都卖出一个好价钱，村民心里乐开了花。不只甜园农业种植专业合作社的村民赚得盆满钵溢，所有村民都增加了收入。村民佟玉敏告诉笔者，她在棚菜基地打工，一个月增加2000多元收入，还有很多村民都做着这个"兼职"。当初，村里成立甜园农业种植专业合作社，村民还在犹豫观望，张洪亮带着党支部4名成员率先投资，看到村党支部成员都投资了，村民也纷纷加入。如今，甜园农业种植专业合作社成为村民的摇钱树。得到实惠的村民纷纷增加投资，棚菜面积又增加了将近一倍。

仅仅这样还不够，张洪亮还把村子的区位优势和自然资源优势发挥到极致。南锅村坐拥翰林湖、海云寺和廉政文化优势及自然资源优势，张洪亮以"乡村风情浓郁、产业结构合理"为目标，在青年水库建设渔猎码头，开辟碧水航道，以及两者相连的绿色长廊，让游客从中体验乡村文化。深入挖掘廉政文化景观资源，建设廉政教育基地和国学大讲堂，以"廉政国学文化、绿色生态观光农业游"为主体，打造国学文化北方特色乡村，文化风情浓郁、产业结构合理村。

梦想有多大，舞台就有多大，当过多年村干部的张洪亮在实践中总结出一句话：千百万人同心同向，奋力拼搏，就一定能让梦想之花结出丰硕的果实。

工匠五　滩海情深写传奇

站在辽河入海口，背靠新崛起的辽东湾水城，凝望这片沧海。湛蓝的天幕上云影婆娑，平整的绿苇红滩如红绿相间的地毯一直延展到大海深处，在这样的天与地之间，翩翩起舞的鸥鸟争相觅食嬉戏，有的似闲庭信步，有的志得意满，有的交颈恩爱，有的软语呢喃，辽东湾早已成为名副其实的海鸟乐园。这时，如果拾一把沙，抛向天际，顷刻间，蓝、白、红、绿背景下，点点鸥鸟化作动态精灵，千百条美丽弧线划破长空。

红海情深

在辽东湾有这样一个传说，一个人常年守望一片海，死后就会化作海鸟精灵，日日盘旋在这片海的上空。人们相信，每只鸥鸟都是大海精魂回来寻找它的前世。我相信孙连山已化作了海鸟，只是不知道这惊飞的海鸟里，哪只是孙连山的精魂。

骑着二八自行车，背着相机，身着迷彩服，穿行在辽东湾大街小巷，这形象是孙连山的标配。行人见了他，会亲热地打招呼："老孙，又去照相啊！"他减速，微笑着颔首，然后加速，飞快驶过，他的身影像展翅飞翔的海鸟盘旋在辽东湾的角角落落。每一个工地、每一个施工现场、每一个企业开工典礼现场都留下他艰辛的足迹。孙连山先后拍摄了10余万张照片、4000多条大事记、上百万字，记录辽东湾新区开发建设的每一个精彩瞬间。换句话说，他在用自己的方式守望沧海。

如今，那奔忙的身影已经消逝，楼道里只剩这辆老旧二八自行车，孤寂地等待报废，它的主人却启用另一双翅膀继续飞翔。

印度诗人泰戈尔在《飞鸟集》中写道："天空没有翅膀的痕迹，但鸟儿已经飞过！"孙连山短短60年的生命旅程滞留在同事、朋友、亲人记忆中的丝缕痕迹是交错混杂的。听他们讲述自己心中不一样的老孙（年轻人称孙叔），总不如亲身经历来得深刻明朗、记忆犹新，但我坚信，只要顺着他的文字、影像痕迹，将记忆褶皱展开，就能在时光隧道里找到微弱的光亮，直到探到所有事情的起点。

海与陆之间隔着潮沟与滩涂。辽滨有大大小小的潮水沟十

辽河口苇海

几条，这些沟都是经长年累月潮水冲刷自然形成的，如混江沟、女儿沟、坨子沟、二沟子、风水沟、虾米沟、蚰蜒沟、枣木沟、小迹子沟、红草坝大沟、耗牙子沟、红旗沟、双井子沟，长短曲直不一，从海里延展在辽滨，仿佛是大地的血脉，滋养着这片土地，给这片土地带来无限生机。

浩浩荡荡的闯关东大军就是冲着这片生机而来，在这拖家带口的褴褛队伍中，行进着来自山东的孙氏一家，他们选择临近潮沟的一个小村落，临海而居，靠海吃海。贫穷的孙家靠海边"推潮"维持生活，用两根竹竿捆扎成一个V字形，竹竿上系上网，网目有大有小，根据鱼虾的大小而定，顶着潮水向前推，鱼虾自动进网，将推网举出水面，用潮捞子把网中鱼虾捞起。新鲜的鱼虾到田庄台、营口等地卖，秋天的青虾用盐水炸熟，晒干后摔成虾米，等冬季罢海（封冻期）的时候到市场上卖个好价钱。冬天，在海边荒无人烟的地方割柴，卖给营口的大户人家。卖了钱再买粮食、食盐和生活日用品。

每日，看着大海潮涨潮落，伴着涛声苏醒与入眠，孙连山自小学会了全套赶海的本事，成为父母的好帮手。他小小年纪不仅学会捉鱼摸虾、挑水劈柴，还承担起小大人的角色，帮着父母照顾弟妹。在大海里嬉戏玩耍，靠海馈赠生活，海成为他生命的组成部分。

18岁那年，孙连山就近参加工作，成为辽滨苇场的工人。如海鸟初展翅的他对工作充满激情，和工友一边干活一边唱《辽河上漂来运苇的船》："秋风引路船如箭，芦花相迎把头点，一片云彩从天落，辽河上漂来运苇的船。"

青年孙连山对大海有了更深的认知，站在海边，心中总是涌动潮水般的思绪，有自豪，有凝重，还有无限的牵挂。他在心里升起新的愿望，当一名海军，驾驶战舰，日夜守卫祖国的海防。1975年冬季征兵时节，不满20岁的孙连山毅然报名参军，没想到父母不同意孙连山的想法。为此，孙连山很苦恼，对着大海诉说他驰骋海疆的愿望。忽然，他脑子灵光一闪，盗用父母名义，写了一封《致武装部领导及接兵首长》的信，在信中模仿父母的口气，写下全家人一致支持儿子参军保卫祖国的决心。第二天早上，辽滨广播站播发孙连山写的信。当天下午，武装部领导和接兵首长来到他家家访。见此情景，撒了谎的孙连山手足无措，可知书达理的父母顺水推舟，成全了孙连山善意的谎言，圆了他的水兵梦。

虎门沙角是林则徐销烟的古战场，也是孙连山当兵的地方，在这里他曾无数次聆听英雄的虎门人民抗击英国侵略者的悲壮故事，也曾多次寻访鸦片战争古战场，部队的教育和锻炼让他的爱国情怀永驻内心深处，在做好本职工作的同时，和当地居民结下深厚的鱼水情，他和他的战友照顾一个子女在香港的阿婆及她的小孙女，并和阿婆一家结下半个世纪情缘。

在为祖国戍边的日子，辽滨的海与风，连同辽河上运苇的船队，成为荡漾在他心海里的乡愁，即使自己身在南海戍边，仍会时时梦到那雄伟的船队。"苇船大，挤瘦一湾辽河水，苇船高，扯起张张金色的帆，好风好水走渤海，鸥鹤脆鸣唱丰收"的歌声飘荡在孙连山的记忆深处。

退役后，孙连山放弃别处相对优越的条件，坚决回到家乡，从文书做起，先后任团委书记、监察科长、宣传委员兼党委秘书、党群工作部长等职，后来因为年龄临近退休而离开领导岗位，他依然坚守平凡工作岗位默默奉献，直到生命终结。

著名诗人艾青在《我爱这土地》中写道："为什么我的眼里常含泪水？因为我对这土地爱得深沉……"孙连山对这片土地的爱经过滋养、灌溉，乃至升华，得益于李奶奶的九条金龙梦。

有一天，孙连山和伙伴们在辽河入海口龙背滩捡玻璃牛（当地一种贝类），那天运气不错，他捡了20多公斤，长长的网兜装了多半下。他直起腰，看着满满的收获，露出欣慰的笑容。涨潮了，他们顺潮水拖着网兜在泥泞的海滩上艰难跋涉，一步一个脚窝，泥水、汗水顺着两鬓流进脖子里，又被太阳蒸发，留下黑黑的泥印儿。

好不容易走上岸，在海防堤休息一会儿，他们几个人又渴又累，拖着疲惫的身躯走进雁沟大队靠近路边的一户农家讨水喝。应门的是一位慈祥的老母亲，赶紧为他们端来淡水。交谈中得知老人姓李，巧的是老人娘家在辽滨，她听说他们是辽滨人，高兴地说"你们都是我的娘家人啊"。提起漫无边际的废旧虾池，纵横交错的大小沟渠，凸凹连片的草甸荒滩，孙连山他们说，一切都还是老样子，什么都没有变。老人的眼睛湿润了，这现状什么时候能改观啊。老人说起她前几日做的一个梦，梦见九条金色巨龙脚踏七彩祥云，挟着风，带着雨，从东南方飞舞而来，漫天金光灿灿。九条金色巨龙落在了红草坝大沟（现在会展中心）附近嬉戏，而后呈扇面腾空而起，九条金色巨龙朝着不同的方向奔向了大海。瞬间，九条金色巨龙飞过之处，九条宽敞笔直的金光大道从红草坝大沟向大海深处延伸。这九条金色巨龙落入海中，溅起朵朵浪花。云雾缭绕、烟波浩渺，海面出现一座美丽的城市，楼台城郭清晰可见，小桥流水恍如世外桃源。老人说，这龙啊，是吉祥的化身，咱这地有龙的呵护，一定能建成人人向往的世外桃源。老人的话深深打动几个少年的心，像隐隐感知了某种觉醒的愿望。想象自己祖辈无数双布满裂口、象征艰辛的手，紧紧握住渔具，对准生活的永恒图景——摒弃荒凉，构造和谐美好的辽滨水城，这一古朴理想被孙连山无数次种植、记录、过滤、升华，最后被时间馈赠，得到慢慢滋养，在孙连山内心长成参天大树。

有人说，人是不知道自己宿命的。孙连山的同事却说，他是知道的。从他身体日渐消瘦起，他就知道自己或许得了不好的病，可他顾不过来看病，他的纪念辽东湾新区建区十周年图片展还没有准备好。所有照片和资料的整理都是他一个人经手，那是他多年积累的素材呀，如果放下来，别人没经手无法接续，展出活动势必受到影响。这可是辽东湾十年建设成果的集聚，一旦错过这十年，他不知道自己还有没有下一个十年。同时，他作为儿子、丈夫、父亲的责任还没有尽完，老母亲健在，小儿子也没有成家，相濡以沫的老伴正需要他温暖的陪伴。这些都不容许他倒下，所以他选择隐瞒，也选择了和死神面对面地较量。他的力气被抽走了，身体素质急剧下降，最可怕的是癌魔发作时，他连拍照的力量都聚不起来，而椎心的疼痛让他如坠地狱。暗夜里，他几乎看得见死神冰冷的眼睛，他清楚自己所剩的时间不多了。

他更忘我地投入补拍和整理、布展工作，夜以继日地挑选照片，做资料说明。要在自己这么些年拍摄的十余万张照片中，遴选出有代表性和最能反映辽东湾变化的精彩瞬间，还要做好图片说明和资料补充，这工作无疑是细致烦琐耗心血的，孙连山选择了义无反顾。一张张鲜活的照片如一幕幕流动的风景，把辽东湾新区开发建设的每一个精彩瞬间都囊括进来，每张照片的后面凝聚着建设者的心血和拍摄者的汗水，这心血和汗水汇聚在一起，深深感动孙连山这个辽东湾开发的建设者、守望者和见证者。把辽东湾开发建设全过程整理出来，让世人看见是辽东湾开发建设的每一个精彩瞬间，是孙连山此生的夙愿。他按照时间顺序，把这些创作于新区开发建设的不同阶段、生成于水城建设的整个进程的照片进行精心整理，细致归档，从不同的视角，反映新区建设与发展所呈现的亮色。

在布展进入尾声阶段，孙连山已经吃不下什么东西了，完全靠着大把吃止疼药来支撑。他明白自己在和死神赛跑，此刻倒下，辽东湾新区建区十周年图片展也可能流产。他不能在此时倒下，实在提不起精神了，就歪在墙角歇歇，一阵紧似一阵的剧痛，让他直冒冷汗，浑身颤抖，他怕惊动助手，强忍着不让自己发出声音。临近展出了，孙连山发现还需要补拍一些照片，此时，他已驾驭不了自己的二八式自行车了，他第一次向领导申请了公车，等车到了，他和同事出发上车，腿却咋也不听使唤，一个趔趄，差点栽倒。同事王艮善及时扶住他，感到他身体微微发颤，虚弱得连步子都迈不开了。王艮善劝他："孙叔，你回去休息吧，图片我来弄。"孙连山强笑着说自己可以。

等完成全部布展工作，孙连山已经累得站不起来，他甚至没来得及看一眼展会整体情况。同事陈红把他送回家，他一头栽在床上，再也没起来，可恶的癌细胞已经通过淋巴扩散到全身。他没能参观自己亲手拍摄、布展的辽东湾新区建区十周年图片展。同事苏洋来看他，告诉他展览盛况，他浮肿的脸上漾开笑意。孙连山说话已经十分困难，仍嘱咐苏洋，他还有一批新图片没做文字注释，请苏洋帮忙做好说明，他不能给以后档案工作留下麻烦。泪涌上眼眶，苏洋赶紧转身擦掉。

火热的生活像磁石一般吸引着很多人的出走方向。2005年12月辽东湾新区挂牌成立，这片草甸连片、沟渠纵横的沿海滩涂不毛之地迎来千载难逢的发展机遇。大规模开发建设吸引着人们从四面八方拥到名不见经传的小渔村。

孙连山一直记得，辽东湾参与的第一次招商引资，除了广袤的土地，没有什么值得展示的，资料少得可怜。孙连山经手制作了第一本招商画册，那时，辽滨还没有满月，就像嗷嗷待哺的婴儿，缺资金，少项目，基础设施薄弱。但在孙连山眼中，辽东湾不是一张白纸，而是一幅绚丽的画卷，映入眼帘的是满目春色和勃勃生机。

2006 年，辽东湾纳入辽宁沿海重点发展区域，2013 年 1 月，正式晋升为国家级经济技术开发区，规划面积由最初的起步区 3 平方公里扩展到 545 平方公里。创业的风云在辽河口激荡，发展的乐章在蔚蓝的海洋奏响。孙连山激发出极大的创业热情，他全身心投入工作，他的字典里最常出现的词语是 5+2、白+黑，他的神经高度紧绷，他甚至能听到每一项工作落地的回响。就是忘我的工作给身体留下了隐患，可他不在乎，他要加班加点圆上心中那个梦。

就在筑梦的进程中，那个九条金龙梦的李奶奶走完 85 岁人生历程，带着她的美好梦境羽化而去。孙连山在心里默念，李奶奶，你为什么不再等等，看看你的梦啊！如今的翠霞湖畔，就是老人梦见的九龙嬉戏的地方。一座现代化多功能的国际会展中心，曲径通幽，小桥流水，荷花飘香，野蒲连片，从会展中心延伸的公路四通八达，在不远处，一座轻轻放在湿地中的水城矗立在世人面前。

有人说，档案镌刻着历史最原始的记忆，也是总结历史经验教训最具说服力的权威物证。历史离不开记忆与叙述，一个地区、一座城市，有其独特个性，鲜活情貌，就刻录时代履痕，承载历史记忆功能来说，瞬间存真的图像明显优于声音，也胜过文字。作为辽东湾新区开发建设的亲历者，孙连山亲身体验了向荒原挑战的困难与艰辛，亲历体会到艰苦创业的无畏与激情，更是目睹了建设者所创造的一个又一个奇迹，以及这里所发生的翻天覆地的变化。他常说："能有机会参加辽东湾新区的开发建设是我一生中的幸事，为辽东湾新区的发展建设出我的一份微薄之力，是我的荣耀。"可用什么记录这个沸腾的时代？在市档案局局长周国滨的启发下，孙连山决定用最直接的影像来记录一切。

屈子曰，亦余心之所善兮，虽九死其犹未悔。孙连山一旦做出决定，就再无更改。这些年来，他一直用相机见证这些奇迹，记录这些变化，展现生动的发展进步。在宏冠船业签约、辽河油田海工装备制造奠基、"加里曼丹"成品油轮下水现场、辽宁龙德船业奠基、盘锦中新加船舶配套产品有限公司开工、辽河口围海大堤合龙、新材料生产基地奠基、宝来石化一期工程、沈铁物流、合力叉车、台湾长春石化等企业入驻、向海大道通车、盘锦港开工、盘锦30万吨原油码头打桩、辽宁省实验中学盘锦分校、红海滩体育中心、辽滨环岛路护岸工程、大连理工盘锦校区施工、建设中的盛京医院等现场，都是孙连山跑得滚瓜烂熟的新闻背景。

2010年10月，已届退休年龄的孙连山离开了领导工作岗位，他并没有失去对这项工作的热情。用他自己的话说："我会一直干下去，不图别的，只因为我是辽滨的记录者。"没有领导安排，没有部门部署，作为辽东湾新区的一名老党员，只要听到信儿就到场，有时甚至是跟着人流，到一个个现场采访拍摄。中央电视台正在播出的大型纪录片《筑梦者》，讲述中国共产党伟大筑梦历程，孙连山就是用自己的方式追梦、筑梦、圆梦。他十年如一日，默默记录着辽东湾新区发展中重大活动的精彩瞬间、重大事件的来龙去脉、重要来访的关键节点，10多万张照片、4000多条大事记，沉甸甸的历史资料成为辽东湾新区永恒的财富。

从辽滨泥泞小路上走来的孙连山，对那里的桥和路建设格外上心。那时，辽滨没有一条像样的路，只有一条建了115年，10多米宽，凸凹不平的"搓衣板"路连通外地。对这条公路两次大规模拓宽、改造，孙连山全程参与，从建设者特写、道路整体景观以及每个环节进展情况进行全程拍摄。有时人家吃饭，他连个盒饭也没有，饿着肚子继续干。在"潮涨为海，潮落为泽"的茫茫滩涂，建设北方宜居宜游的滨海新城，那苦是怎么吃的，那路是怎么走的？有时连建设者自己都恍惚了，然而，孙连山的照片和大事记却见证着这神奇的一切。

在辽河特大桥、盘锦港的建设中，孙连山每天都来拍摄，看大桥、大港在镜头中完美蝶变。光建设进程的照片就留下几千张，连建设部门都没留存这么完备的资料。拍辽河跨海大桥合龙的镜头，一直没找到合适的位置，孙连山急了，不顾危险爬上一座在建的20层高楼，站在楼顶上，刚好把大桥合龙镜头取全，等拍完照片，孙连山发现自己踩在没封顶的钢筋架上，什么保护都没有，如果一脚踩空，后果不堪设想。

2011年6月17日，正值建党90周年前夕，辽宁电视台制作一期以"城乡巨变"为主题的现场直播节目，在直播现场辽河特大桥，孙连山以辽东湾新区开发建设记录者、见证者的身份述说他见证和记录的辽东湾新区的大港、大桥、大学、大船、大道。他和《第一时间》主播李七月相约，两年之后再来看孙连山的照片。可孙连山没能等到李七月，可恶的癌魔夺去了他年仅60岁的生命，那个诺言随着大辽河热乎乎的河风，飘进沧海深处。

孙连山是个有情怀的人，他的镜头里不仅有纵横捭阖的大事件、大人物，也有平凡、普通的建设者，如忙里偷闲的环卫工人、埋头操作的建筑工人、专注研究的科技工作者、正在上课的教师；他的镜头里更有家人的温馨、朋友的互信、陌生人的真情；他的镜头里还有身边细微的景观，三月垂柳的嫩芽，娇艳肆意的樱花，五月飘香的槐花，层林尽染的深秋，傲骨嶙峋的冬季等。

那是辽滨19.2公里围海大堤合龙那天，孙连山赶到现场拍照。那天天气太冷，一辆铲车气压管冻裂，铲车司机王维驾驶的铲车刹车忽然失灵。往前是10米大堤合龙处，有8个人在调度车辆，左侧有人，右侧还有人，王维紧握操作杆，用尽全身力气往下压，大铲着地缓缓驶入大海。人们惊呆了，不敢想象发生了什么。王维把大铲落地，撑起车身，冰冷的海水灌进驾驶室，他试图摸安全锤敲开驾驶室玻璃，可没有摸到，水已没过他的腰际。危急时刻，一台挖掘机掉转方向，伸出大臂，用铲车斗击碎铲车后玻璃，王维从驾驶室爬出来，爬进挖掘机挖斗。人们长出一口气，情不自禁鼓起掌来。孙连山就在现场，用镜头拍下这珍贵的画面。这组照片在辽东湾建区十周年图片展展出时，无数参观者在图片前潸然落泪。

"天天谋面的辽河啊，你奔涌的波涛里，融进了开拓者澎湃的激情，每一朵浪花，都述说着创业者万丈豪情。"这是孙连山在《不尽辽河滚滚来》中的诗句，他这样说也这样做，他的生活和工作中总是充满激情，他的身上总有一种积极向上的力量。

多年以来，人们习惯于霓虹闪耀、电力编织的景致幻觉，物欲的魔法摄取许多人的灵魂，也许偶尔会因为种种听闻和事故产生过片刻清醒，又继续深陷于享乐、消费、虚荣挥霍的深渊，让原本属于自然之子的空灵之心变得异常孤独、异常空虚。那个无论酷暑严寒，骑着二八自行车奔波于辽东湾新区的每一个施工现场的疲惫身影是否让你孤独的内心找到新的慰藉？那个不问名利，不用部署，主动记录辽东湾新区开发建设的每一个精彩瞬间的守望者是否让你空虚的心灵重新填满清泉？

站在孙连山九条金龙梦的落脚点上，大地如一张斑斓的纸，梦幻水城如巧手剪裁出来的一张剪纸，喜庆地张贴在大自然的窗户上。天空蔚蓝，海风习习，在蓝天大海之间感应天地秩序和四季轮回，仿佛能听见每一个自然生命的吟唱，听见上苍留在所有生命里的余音袅袅。据说，孙连山经常站在这里聆听，我不知道他聆听的奇妙，但切实感受到来自生命磁场的吸附，像被授命了一样。不远处，几只觅食的海鸟拍打着翅膀在低空掠过。

盘锦市市情概况（2020版）

一、自然概况

盘锦市于1984年6月建市，是一座缘油而建、因油而兴的石化之城，中国第三大油田——辽河油田总部就坐落于此。这里也是辽宁母亲河——辽河以及大辽河、大凌河三条河流入海口，河海交汇的地理环境造就了浩瀚千里的芦苇湿地，孕育了"天下奇观"红海滩，被誉为中国"湿地之都""鹤乡""鱼米之乡"。

地理区位。位于辽宁省西南部、辽河三角洲中心地带，地理坐标处在东经121°25′～122°31′、北纬40°39′～41°27′之间。东、东北邻鞍山市，东南隔大辽河与营口市相望，西、西北邻锦州市，南临渤海辽东湾，地处环渤海经济圈和东北亚经济圈重要区域，是连接辽南、辽西与辽中三大经济板块的重要节点和"辽海欧""辽蒙欧"和"辽满欧"三大通道的唯一节点。2020年京沈客专通车后，盘锦将成为京津冀协同发展战略"2小时经济圈"重要辐射区域。

地貌气候。地面平坦、多水无山，属华北陆台东北部从"燕山运动"开始形成的新生代沉积盆地，经过漫长历史年代的河流冲积、洪积、海积和风积作用，覆盖了深厚的四系松散沉积物。地势地貌特征是北高南低，由北向南逐渐倾斜，比降为万分之一，坡度在2°以内；地面海拔平均高度4米左右，最高18.2米，最低0.3米。盘锦地处北温带，属暖温带大陆性半湿润季风气候。气候特征是四季分明，雨热同季，干冷同期，温度适宜，光照充裕。2019年，全市平均气温10.9℃，总降水量748.2毫米。

河流水系。素有"九河下梢"之称。境内共有大中小自然河流21条，河流总长634公里，总流域面积3570平方公里。其中，大型河流4条，包括辽河、大辽河、绕阳河和大凌河；中小型河流17条。现有中小型平原水库7座，水库总库容1.51亿立方米，兴利库容1.02亿立方米。全市水资源总量达到3.36亿立方米，其中地表水2.43亿立方米、地下水0.93亿立方米。

土地面积。全市土地面积共4102.9平方公里。按照土地用途划分，包括农用地2179.5平方公里、建设用地716.7平方公里、未利用地1206.7平方公里。农用地中，耕地面积1570.2平方公里，永久基本农田面积1127.8平方公里。按照所有权划分，包括国有土地3635.2平方公里、集体土地467.8平方公里。海域面积1425平方公里，海岸线长107公里，滩涂面积392平方公里。

矿产资源。地下蕴藏着丰富的石油、天然气、井盐等矿藏资源，辽河油田自20世纪60年代初勘探开发以来，累计探明石油储量22.4亿吨、天然气2133亿立方米,共发现42个油田,投入开发39个油气田。2019年,生产原油1007万吨、天然气6.3亿立方米,连续34年保持千万吨规模稳产。天然卤水资源分布面积达150平方公里,一般埋藏深度30～100米,其中矿化度在30～60克/升的天然卤水总储量约为13.29亿立方米。

湿地生态。湿地资源十分丰富,全市除水稻田外的各类湿地面积达2496平方公里,其中自然湿地2165平方公里、人工湿地331平方公里;湿地保护面积1240平方公里,占自然湿地57.4%;拥有国家级和省级自然保护区各1处、国家湿地公园试点2处、省重要湿地1处和省级湿地公园3处;辽宁辽河口国家级自然保护区面积800平方公里,2004年列入《国际重要湿地名录》。广袤的湿地上栖息着各类野生动物450种,是丹顶鹤南北迁徙的重要停歇地、全球黑嘴鸥最大种群的繁殖地、斑海豹重要产崽地。

区划人口。下辖一县三区,即盘山县、双台子区、兴隆台区、大洼区。共有21个镇、27个街道,284个村、247个社区。2019年年末全市常住人口144万人,其中城镇人口105.4万人,农村人口38.6万人,常住人口城镇化率达到73.2%。年末户籍人口130万人。全年出生人口10802人,出生率8.3‰,人口自然增长率3.5‰。户籍人口中,59岁及以下人口100.1万人,占77.1%;60岁及以上人口29.8万人,占22.9%。

二、经济社会发展概况

近年来,盘锦以习近平新时代中国特色社会主义思想为指导，认真贯彻落实习近平总书记关于东北、辽宁振兴发展重要讲话和指示批示精神，改革开放取得新成效，高质量发展取得新进展，各项经济指标总量或增速持续走在全省前列，成为辽宁乃至东北地区最具活力潜力的城市之一。2019年，全市地区生产总值完成1280.9亿元，增长9%，总量全省第五，增速全省第一；人均地区生产总值88983元；一般公共预算收入148亿元，增长9%，总量全省第四，增速全省第一；城乡居民人均可支配收入41575元和18890元，分列全省第三位和第二位，分别增长6.3%和10.2%，城乡居民收入比为2.2∶1。在全省绩效考核中获评为好的等次。

2020年一季度，在新冠肺炎疫情不利影响下，全市经济仍表现出较强的坚韧性、稳定性，总体平稳、稳中向好。地区生产总值完成284.4亿元，同比增长2.5%，在全省14个市中排名第一；一般公共预算收入42.6亿元，增长2.4%，总量全省第三，增速全省第一；城乡居民人均可支配收入12502元和6957元，均列全省第一，分别增长3.3%和5.8%。

盘锦是快速兴起的石化之城。依托丰富的油气资源，形成以油气采掘业为基础，以石化及精细化工为主导，装备制造、轻工建材、电子信息、粮油深加工等多元产业竞相发展的格局。总投资713亿元的华锦阿美项目、总投资800亿元的宝来巴赛尔项目、总投资600亿元的辽河储气库群项目相继实施，推动盘锦跻身辽宁石化产业基地两极之一，正在向着世界级石化产业基地目标迈进。2019年原油加工量2669.5万吨，生产乙烯55.9万吨。全市现有规模以上企业298户。全年规模以上工业企业实现主营业务收入2942.7亿元，比上年增长13.6%。其中，油气采掘业实现主营业务收入299.8亿元，占规模以上工业的比重为10.19%；石化及精细化工行业实现主营业务收入2150亿元，占比73.06%；装备制造行业实现主营业务收入62.7亿元，占比2.13%；轻工建材行业实现主营业务收入222亿元，占比7.54%；电子信息行业实现主营业务收入29.5亿元，占比1%。

盘锦是开放包容的新兴港城。全市形成以盘锦港为核心，辽东湾新区为龙头，各重点产业园区为支撑，各县区协同发展的全域对外开放格局。辽东湾新区作为国家级经济技术开发区，被省政府纳入辽宁推进自贸区发展重点园区、全省"一带一路"综合试验区第三个核心引领区，2019年规模以上工业增加值完成131.2亿元，同比增长20.4%；固定资产投资130亿元；一般公共预算收入39.5亿元，同比增长34.4%，在全省国家级开发区考评总分排名中位列第三。盘锦港已建成25个5万吨级以上泊位，开通国内直达航线16条，建成7个内陆干港，港口吞吐量完成4756万吨；相继获批为国家一类口岸、国家进境粮食指定监管场地，拓宽型深水航道正在建设。4个省级开发区呈现项目加速集聚的良好态势。到位内资完成248.8亿元，同比增长12.9%，总量排名全省第四；利用外资完成4.43亿美元，同比增长72%，总量排名全省第三；进出口总额完成213.6亿元，同比增长26.7%。2020年，获批国家跨境电子商务综合试验区。

盘锦是物产丰饶的鱼米之乡。15米等深线以内浅海水域约2000平方公里，鱼虾蟹贝资源蕴藏量4万～5万吨，占辽东湾蕴藏总量70%；淡水水域1530平方公里，适宜发展淡水养殖。2019年，全市水稻种植面积159.8万亩，产量103.4万吨，人均粮食产量824.3公斤，是全省人均产量的1.47倍；河蟹养殖面积160万亩，产量7.2万吨，产量居全国地级市之首，被誉为"中国河蟹第一市"，人均水产品产量140.9公斤，是全省人均产量的1.43倍；共有农事企业208家，农民专业合作社1605家，主要农作物综合机械化水平达95.7%，是全国率先基本实现主要农作物生产全程机械化示范市、东北地区首个国家农产品质量安全市。大米、河蟹两大产业联盟现有68家农业产业化龙头企业，集约经营土地53.9万亩，带动蟹稻综合种养面积达68.5万亩。成功举行乡村振兴产业博览会，形成"产业园+博览会"的盘锦模式，国内外500多家知名企业参展并签订合同金额达26亿元。

盘锦是风光秀美的生态之城。依托得天独厚的湿地生态资源，构建形成以旅游业为龙头，现代物流、商贸流通、金融等多种业态融合发展的服务业体系。2019年，全市拥有A级旅游景区23家（其中5A级1家，4A级5家）、星级旅游饭店10家、国际品牌酒店7家，民宿（农家乐）2000间、8600张床位；文物保护单位85家，市级非物质文化遗产项目41项；省级现代服务业聚集区5个，国家级优秀物流园区1个，全省重点培育特色商业街区2个，全省特色电商平台3个。红海滩国家风景廊道成功晋升为国家5A级景区，"小红楼"获批全国重点文物保护单位。旅游总收入292.61亿元，服务业增加值达493亿元。现有各类金融机构187家，其中银行机构22家，保险机构41家。2019

年，全市金融机构本外币贷款余额1166亿元，增长21.7%。

盘锦是改革创新的活力之城。近年来持续深化重点领域改革，加快建设营商环境最优市和创新型城市，区域发展活力和竞争力不断增强。在国家发改委组织的东北地区营商环境试评价中取得总排名第六、地级市排名第二的优异成绩。2019年年底，全市国有及国有控股企业69户（市属国有企业15户），实现营业收入653.9亿元。私营企业21863户，同比增长10.2%；个体工商户86745户，同比增长7.2%。市场主体达到11.7万户，民营经济占比92.8%。共有瞪羚企业3家，高新技术企业141家，科技型中小企业180家，申请专利1944件，授权专利1103件，获省级科技进步奖6项；吸引3个院士专家团队落户，高新技术产品增加值达220亿元，研发投入强度占地区生产总值比重2.7%。

盘锦是城乡一体的普惠之城。拥有"全国文明城市""国家卫生城市""国家园林城市"等多项殊荣。目前已形成"四铁四高"和"一环七纵六横"大交通体系，铁路运营里程260公里，公路总里程4050公里，公路密度99.5公里/百平方公里，居全省第三。建成区道路面积率15.08%，城市绿地覆盖率为43.18%，人均公园绿地面积15.06平方米；城市环境空气质量平均优良天数290天。全市行政村黑色路面全覆盖，农村燃气户户通，建成园林新村50个，农村自来水普及率、集中供水率均达100%，一体化大环卫项目荣获"中国人居环境范例奖"。全域客运公交实现一体化运行，客运公交站点两公里半径覆盖率等指标达100%。盘山县、大洼区成为全国农村人居环境整治专项项目县，赵圈河镇、胡家镇被评为国家级特色小镇，甜水镇被评为国家级美丽宜居小镇，3个村被评为国家级美丽宜居村庄。

盘锦是富裕和谐的幸福之城。成为全国首批36个小康城市之一。城镇登记失业率连续多年保持全省最低。各项社会保险基本实现全覆盖，企业退休人员基本养老金连续15年提标，人均达到1870元/月，城乡居民医保制度实现整合，城乡一体化居民低保标准达每人每月696元，国标线以下建档立卡贫困人口保持动态为零。全市现有幼儿园359所，各类学校110所，其中985大学1所，是全国首批国家教育体制改革试点市、全省唯一高中阶段考试招生制度改革试点市；各类医疗卫生机构1243个，其中三级甲等医院2个，注册医师5648人，共有床位9240张，居民主要健康指标高于全省平均水平；现有公共文化馆5个、公共图书馆6个、公共美术馆1个，是国家公共文化服务体系示范区；连续4届16年荣获"全国社会治安综合治理优秀市"称号，蝉联全国平安建设最高奖项"长安杯"。

盘锦市坚持实施标准化、规范化、系列化建设，是承担国家试点示范较多的城市之一。目前承担国家级试点示范的主要有东北地区民营经济发展改革示范城市、国家全域旅游示范区、全国首批"无废城市"建设试点市、国家食品安全示范城市、全国政务服务标准化试点市、国家文化消费试点市、全国居家和社区养老服务改革试点市。

后 记

当这本《湿地繁花》的影子逐渐显现的时候，我的内心充满如释重负的轻松感。

从下笔之初到如今，历时两年多。边工作，边采访，边写作，常常忙到大脑处于停机状态。在写作过程中，纠结于素材繁杂，雷同，不出彩；在采访过程中，纠结于机构变更，人事调整，资料不健全。有时在电脑上排列出相关的标题与文字，过几天又悄悄抹掉了，这样的反复几乎涵盖了写作的全过程。

采写美丽乡村建设，没有完备的材料可以借鉴，写作过程中尽量选取得到多方认同的资料来深入挖掘，对于没有列入此书的大量素材，因为篇幅限制、采写不够深入等原因，只好忍痛割爱了，在此深表歉意。写作过程中，我也阅读了大量同行撰写的相关新闻报道，多有借鉴，一并表示感谢。

这本书得以面世，首先得益于盘锦市文联文艺精品工程把此书立项。同时，在撰写过程中，得到夏昆、关伟同志的鼎力支持，得到盘锦市摄影家协会刘杰、夏建国、史维涛同志的无私帮助。在采访过程中，得到县区委宣传部、县区文联、县区农业农村局，相关乡、镇、村的同志热情支持，在此，向他们表示深深的谢意！

春风文艺出版社是我信赖的出版团队，责任编辑姚宏越老师是我的好朋友，他做这本书的责编，无论装帧设计、开本纸张的选择，我都感到放心。同时，我还要感谢春风文艺出版社社长、总编辑单英琪同志的支持和鼓励。

寻找"湿地繁花"是一场劳心劳力的艰难历程，写完它们，我可以放心地做点别的了。

策　　划 / 盘锦市文学艺术界联合会

责任编辑 / 姚宏越

内文摄影 / 刘　杰　夏建国　史维涛